내가 너무 싫은 날에

내가 너무 싫은 날에

1쇄 발행 2024년 3월 25일

지은이 현요아

펴낸곳 책과이음
출판등록 2018년 1월 11일 제395-2018-000010호
대표전화 0505-099-0411 **팩스** 0505-099-0826
이메일 bookconnector@naver.com
Facebook · Blog /bookconnector
Instagram @book_connector
독자교정 배원빈 선혜련 신준혁

ISBN 979-11-90365-61-1 03810

책값은 뒤표지에 있습니다.
잘못 만들어진 책은 구입하신 서점에서 교환해드립니다.

책과이음 • 책과 사람을 잇습니다!

내가 너무 싫은 날에
<small>현요아 글</small>

불안하고 예민한 나에게 권하는 아주 사적인 처방전

책과이음

회피성 여행이
되지 않도록

내게 코타키나발루와 교토와 치앙마
이와 런던의 공통점을 꼽으라면, 길이길이 추억에 남을 즐
거운 여행을 한 나머지 집에 돌아오자 파도처럼 밀려오는
헛헛함을 느꼈다는 점이 아닐까 싶다. 나는 언제나 여행을
일상의 환기처로 여겼지만 실상 내 여행은 회피성에 가까
웠다. 냉장고에 묵힌 음식물을 내다 버리기 귀찮아서, 화장
실 구석에 뭉쳐진 머리카락을 치우기 번거로워서, 매일 아
침 출근과 퇴근에 시간을 쓰는 게 아까워서, 비슷한 일을 하
는 다른 사람들이 존경스럽고 대단해 보여서 먼 곳으로 비

행기표를 끊고 떠났다.

　잔고 사정에 맞지 않게 얼마 없는 돈을 몽땅 써서 떠난 여행이기에 계획이 조금이라도 어긋나면 스트레스를 받았다. 어떻게 운이 좋아 괜찮은 여행을 했을지라도 비행기와 기차를 타고 집에 돌아왔을 때 나를 반기는 건 여전히 작은 나의 방이었다. 할 일을 제쳐둔 뒤 여행을 떠났으니 일감도 산처럼 쌓여 있었다. 그 사실이 문득 지긋지긋해 이번에는 잠으로 도피했다. 언제든 도망갈 곳이 생겨났으나 그만큼 돌아와야 할 곳이 나를 기다렸다. 종종 타인이 되고 싶은 바람이 솟았으나 결국 나는 내게로 돌아와야 했다.

　처음 집필 제안을 받았을 때, 나를 싫어하게 만드는 것들의 목록만을 쓰려고 했다. 꿀꿀한 날씨를 닮아 기분 역시 습해지는 점과, 회사에서 나의 몫이 불분명해 무능력하게 느껴진다는 이야기와, 급격하게 늘어난 체중과, 잠을 너무 못 잤거나 혹은 너무 많이 자서 내가 싫어지는 느낌에 대해서 미주알고주알 다루려 했다. 나는 나를 좋아하는 날보다 싫어하는 날이 월등히 많아서 언제고 내가 왜 나를 미워하고 탐탁지 않게 여기는지를 하나도 빠뜨리지 않고 적으면 모두가 저 멀리 숨겨놓은 그 감정을 꺼내 펼쳐놓음으로써 공감을 받겠다고 확신했다.

하지만 백 가지 정도는 거뜬히 적을 수 있을 거라는 확신과 다르게, 연필을 잡은 손에 점점 힘이 빠졌다. 내가 나를 싫어하는 이유라는 제목 아래 적힌 목록은 정확히 열두 가지뿐이었고, 그 열두 가지의 목록을 쳇바퀴 돌며 나를 싫어한다는 정보를 얻고 나서는 관점이 바뀌었다. 스스로가 싫어질 때마다 어떻게 그 감정을 빠져나왔는지, 또는 그 감정을 그대로 인정하고 안아주기 위해 어떻게 애썼는지도 적어보고 싶어졌다.

나를 좋아하기 위해 행동하는 무엇들에 대해서는 스무 가지가 나왔다. 나는 나를 싫어하는 만큼이나 좋아하기 위해 부지런히 움직였다는 사실을 깨달았다. 좋아하는 향의 보디워시를 구비해두고 무기력한 날에 꼼꼼하게 그 향으로 샤워하는 일도 데려왔고, 공기정화식물에 이름을 붙여 알뜰하게 키우거나 자전거로 라이딩하는 즐거움부터, 서평을 쓰고 좋아하는 작가님을 태그해 잘 읽었다고 간접적으로 편지를 보내거나, 사지 않더라도 장바구니에 인테리어 소품을 담아두는 즐거움도 빠짐없이 챙겼다. 어쩌다 기분이 좋아도 쉽게 가라앉는 성격을 가진 내게 그 즐거움을 오래 붙잡을 수 있도록 하는 나만의 작은 습관도 잊어버리지 않으려 적어두었다.

흔히 우리는 힘든 일이나 괴로운 걱정이 생겼을 때 그 일들을 일기에 써보라는 조언을 받는다. 생각으로는 부풀던 걱정이 연필을 잡고 종이 위에 놓였을 때는 조금은 작아 보이므로.

나는 아침부터, 혹은 어느 밤이나 새벽부터 나를 싫어하는 위기에 놓이지만 내가 나를 싫어하는 이유를 적음으로써 조금은 해방될 수 있었다. 그건 감정의 근원지를 파악하는 일과 비슷했다. 요즘 끼니를 배달 음식으로만 먹어서 내가 싫어졌다면 반 정도는 덜어내는 것으로 해결책을 잡으면 됐고, 내 미래는 천천히 하강선을 그려 어딘가로 사라질 것 같다는 기분이 들면 솟구치는 불안을 다독이기 위해 눈을 감고 천천히 호흡에만 집중하면 되겠다는 결론이 나왔다. 나는 내가 싫어질 때마다 무더운 여름날임에도 빨래방에 들러 막 건조를 마친 뽀송한 이불을 들고 집으로 향하던 순간을 떠올렸다. 이불은 두툼하니 무거웠지만 발걸음은 여느 때보다 경쾌한 날이었다. 아침에 일어나 청소기를 한 번 돌려 머리카락을 빨아들이는 것만으로, 커피를 사기보다 직접 얼음을 띄워 내리는 것만으로 자연스레 일상에 발을 디딜 수 있다는 사실을 깨닫기 시작했다. 이대로 지내면 어느 날 여행을 떠나도 그 여행은 회피성 여행이 아닐지 모르겠다는 확신이 일었다.

그러나 이토록 즐거운 미래를 그려도 오늘 밤이면 나는, 내일 아침 눈을 뜨면 나는 또 내가 싫어질지 모른다. 한없이 낮아진 자존감에 어젯밤 했던 농담이 부끄럽고, 퇴근 후 기진맥진해진 몸을 이끌고 침대에 풀썩 쓰러지며 퇴근했는데도 회사 일을 곱씹으며 시간을 되돌리고 싶다는 비명을 지를 가능성이 있다. 하지만 나는 방어막처럼, 한 게임에서 나오는 특수 방패처럼 나를 지키는 소소한 습관들을 품에 안고 있다. 그 방어막은 마음과 몸의 체력을 높이는 물약이 되어 외부와 내부의 스트레스로부터 나를 지켜준다. 나는 그제보다 어제, 어제보다 오늘 조금씩 더 나를 미워하지만 반대로는 소소한 일상의 습관으로부터 나를 지킨 덕분에 재

빠르게 제자리로 돌아온다. 내가 만났던 상담 선생님은 한 시간의 상담이 끝날 때쯤 이런 말을 전하곤 했다.

"둥둥 떠다니지 말고, 현실이라는 제자리로 돌아와요."

제자리, 나는 제자리를 반질반질하게 닦는다. 이윽고 내년 여름 떠날 비행기표를 알아보다가 그만둔다. 우선은 돌아왔을 때 조금의 허무함이 들지 않도록 내 자리를 잘 관리해두어야겠다는 다짐을 한다. 지금 내가 서 있는 자리는 내가 오랫동안 머물 자리다.

차례

부족함을
견디는
연습

　　　　　　　　누군가 어린 내게 마시멜로를 건네며
"조금만 기다려라, 아이야. 기다리면 너에게 마시멜로를 하
나 더 줄 테니"라는 제안을 한다고 치면, 나는 '조금만'이라
는 말까지만 듣고 정말 '조금' 먹어치울지 모른다는 상상을
한다. 이런 상상을 대수롭지 않게 할 만큼 까마득하게 어렸
을 때부터 내 인내심은 바닥인 걸로 유명했다. 다음에 올 버
스가 삼십 분 뒤에 도착한다면 굽이굽이 골목길을 따라 집
까지 내리 한 시간을 미련하게 걷는 아이가, 대학 입시 결과
가 예정한 시각에 나오지 않는다고 머리카락을 몇 가닥 뜯

고 마는 아이가, 반찬이 나오지 않으면 우선 밥부터 꾸역꾸
역 입속으로 집어넣는 아이가 나였다. 부족한 인내심은 어
른이 되자 더욱 눈에 띄었다. 사고 싶은 물건이 생겼다면 이
제는 허락을 받지 않아도 되니 덜컥 샀다. 최대한 빠르게 포
장할 수 있는 음식을 사서 좁은 보폭으로 집까지 성실하게
걸었다. 혼자의 힘으로는 채우지 못할 욕망이 있다면 누군
가를 닦달했다. 주로 어찌할 수 없는 시간과 관련한 일이 많
았다. 담당자님, 죄송하지만 결과 발표는 언제 나올까요?
사장님, 죄송하지만 음식은 언제쯤 나올까요?

　스쳐 지나간 애인들은 인연의 말미에 와서야 내가 빚은
그 장면들이 때로는 지긋지긋했다고 귀띔했다. 아마 그들
은 이런 나를 부끄러워했던 게 아닐까 조심스레 짐작한다.
인기 많은 식당에 방문한다고 치면 직접 가서 기다리는 사
람이 몇 있는지 확인하면 될걸, 식당을 코앞에 두고 굳이 전
화를 걸어 시간이 얼마나 걸리는지 묻는 내가 그들의 눈에
는 침착하게 보이지 않았을지 모른다는 생각을 가만히 하
다가, 이유가 어떻든 나를 떠난 이들의 입장을 애써 헤아리
지는 말자는 쪽으로 결론을 맺는다. 차분한 성격이 있는가

하면 당연히 그렇지 않은 반대의 성격도 있기 마련이라는 마음으로 지냈는데 유독 요즘에는 나의 이런 성격이 밉다. 사고 싶은 물건은 몽땅 사버리는 마당에 통장 잔고 역시 인내심처럼 바닥이고, 약속 시간이 정해지면 두 시간은 일찍 나와 카페를 서성이는 모습에 종종 상대방에게서 부담을 읽을 때가 있다. 매번 시간을 확인하는 탓에 스마트폰 배터리는 일찍 닳고, 밥을 먹으면서도 다음에 갈 카페를 고민하느라 눈앞에 놓인 음식의 맛을 느끼지 못할 때가 많다.

주변으로부터 인내심을 조금 길러야 할지 모르겠다는 이야기를 들을 때마다 이건 나의 어쩔 수 없는 기질이라며 가볍게 넘겼지만, 고쳐야 할지 모르겠다는 생각을 하게 된 건 이런 나를 내가 그리 좋아하지 않는다는 걸 알아챈 뒤였다. 일어난 채로 한참을 서성이며 고민하는 지금의 모습보다 가만히 앉아 골똘히 고민하는 모습이 더 멋졌고, 글을 쓰겠다고 카페와 독서실을 전전하며 시간을 흘리는 지금의 나보다 집에서 엉덩이를 붙이고 두어 시간을 쓰는 게 더 원하는 모습이었다. 분명 내게 연락을 주겠다고 약속한 사람에게서 소식이 오지 않으면 손톱을 잘근잘근 씹어 조금씩 없애버리는 것보다 차분하게 기다리며 그를 재촉하지 않도록 만들고 싶었다. 다음에 갈 장소를 머릿속으로 물색하느라 정신없는 것보다 지금 앞에 놓인 요리의 맛을 온전히 경험하고 싶었고, 빨리빨리 해야 인정받는 나라에서 옆 사람과 보폭을 맞춰 빠르게 달리다가 다치는 것보다야 느릿한 속도로 주변을 돌아보며 걸어가기를 바랐다. 지금의 나는 운동을 시작하고 일주일이 되면 왜 근육이 늘지 않는지 좌절하고 있었다. 누구나 볼 수 있는 계정에 사진을 올리고는 왜 친구들이 이걸 봐주지 않는지 새로고침을 눌렀다. 근육량이 늘어야만, 하트의 수가 자라나야만 비로소 안도하는 게 지금의 나라는 모습을 인정하기로 했다.

✦   ✦   ✦   할 수 있는 자세까지만 요가를 하는 일

친한 언니를 만나 나의 부족한 인내심에 대해 털어놓았더니 언니는 그야말로 빙그레 웃으며 답했다. "요가를 배워볼래?" 언니는 일 년 전부터 요가에 푹 빠져 온갖 요가 도서

를 섭렵한 건 물론, 요가 자세를 취한 몸을 찍어 요가 일지를 쓰는 사람이었다. 평소라면 나의 뻣뻣한 몸과 낮은 유연성을 언급하며 한사코 거절할 텐데 그날은 왠지 다르게 대답하고 싶었다. 몇 가지 조언을 듣고 집에 돌아와 가장 먼저한 것은 온라인 요가를 등록하는 일이었다. 요가 선생님이 찍은 오 분 남짓의 영상을 보고 한 주 동안 그 자세를 따라 했다. 신기한 건 같은 동작이어도 어느 날은 잘 되는 반면, 어느 날은 등 뒤로 손깍지를 쥘 수 없을 만큼 경직되곤 했다는 거다. 하루하루 달라지는 몸의 기분을 고요하게 관찰하면서 실제로 사람들과 호흡을 나누며 요가를 하고 싶다는 마음이 올라오는 순간, 선생님에게 메시지가 왔다.

"이참에 만나 함께 요가를 하는 건 어때요?"

반갑게 응하고 다다른 요가원은 숲으로 둘러싸여 있었는데, 슬며시 기분이 좋아질 무렵에 나는 그곳에서 첫 번째 절망을 느꼈다. 요가원으로부터 받아 든 레깅스를 입었는데 다리 굴곡이 환히 보여서였다. 통통한 허벅지와 튼튼한 종아리를 숨길 수 없었다. 함께 요가를 하기로 한 사람들은 어찌나 몸매가 날렵하고 완벽한지 다시 옷을 갈아입고 나가고 싶은 마음을 누르느라 혼났다.

　탄탄한 복근을 지닌 선생님은 우리를 둘러보며 말했다. "제가 아무리 완벽한 동작을 선보여도 여러분은 몸이 닿는 데까지만 해야 해요. 마음은 저 멀리인데, 몸이 따라주지 않는다고 자책하면서 억지로 뻗어나가면 외려 다치고 말아요." 그러고서는 몇 가지 동작을 보여주었는데 목과 등, 엉덩이와 다리의 힘을 필요로 하는 자세였다. '업독'이니 '차투랑가 단다 아사나'니 '빈야사'니 하는 여러 동작을 이어 소화하는데 목과 등이 땀으로 흠뻑 젖었다. 요가는 가부좌를 틀고 가만히 앉아서 생각하기만 하면 되는, 그러다가 가끔 머리를 땅에 놓고 다리를 하늘로 쭉 뻗기만 하면 되는 정적인 운동이 아닐까 싶었는데, 막상 해본 요가는 굉장히 동적인 운동이었다. 옆에서 사람들이 복근의 힘으로 배를 들어 올리는데 나는 자꾸만 엎어졌다. 다들 돌 위에 사뿐히 서 있는데 나는 흙탕물에서 자꾸만 미끄러지는 사람 같았다. 한 시간으로 잡힌 요가 시간이 당최 지나지 않는 듯했다. 선생님의 동작을 엿보는 것보다 시계를 흘끗거리는 빈도가 높아질 무렵, 부들거리는 팔을 애써 모른 체하며 하늘 위로 올리는 순간에 선생님의 목소리가 들렸다. "아마 부족한 부분이 많이 보일 거예요. 하지만 부족하면 부족한 대로, 부족함을 견디는 연습을 해야 해요."

동작 그대로 따라 해보라는 말이 아닌 부족함을 견디어야 한다는 이야기에 감동받은 나는 몸에 들어간 힘을 서서히 뺐다. 할 수 있는 데까지 해보되, 도무지 할 수 없을 것 같은 자세는 선생님이 제안하는 쉬운 대체안으로 바꾸었다. 물론 그런 생각도 불쑥 들었다. 다들 처음이라면서 왜 이렇게 잘하는 거야. 나는 쉬운 자세도 간신히 해내는 중인데, 어떻게 저 사람들은 어렵다는 머리서기 자세까지 척척 해내는 거야. 얼른 요가를 삶으로 들여와 어려운 자세도 빠르게 체득하고 싶다는 마음이 생기니 마음처럼 굴러가지 않는 몸이 미웠다. 그럴 때마다 선생님의 말을 떠올렸다. 부족하면 부족한 대로, 부족함을 견디는 연습을 하세요. 그 말을 계속 곱씹자 내가 지닌 작은 인내심을 드디어 바라볼 수 있겠다는 확신이 들었다.

여태껏 인내를 완벽하게 길러야 한다고 여겼다. 손톱을 물어뜯을지언정 참고 또 참아야 한다는 생각으로 버티자고 다짐했다. 그러니 매번 실패하는 건 당연했다. 내 상태를 무시하느라 바빴으니까. 그보다 지금 내 상태가 부족하다는 사실을 인정하고 가득 메우려 하기보다 견디는 쪽으로 방향을 틀면 어떨까 싶었다. 뻣뻣한 몸을 그대로 인정하는 마음처럼, 남들보다 얕은 인내심을 너무 미워하지는 말아야겠다고. 그러나 얕은 인내심에서 안주하지는 말아야 한다고. 쉬운 자세가 편해도 결국 닿고 싶은 자세는 배를 바닥에서 띄우고 팔과 머리를 하늘로 뻗어 올리는 자세니까.

한 시간의 요가를 마치고 집으로 돌아오는 길에 스마트폰 알림을 전부 껐다. 누군가 게시글을 올렸다는 소식을, 좋아하는 브랜드에서 할인을 한다는 소식을 실시간으로 접하는 것도 좋지만 설령 그 순간을 놓치더라도 마음에 여유가 깃들었을 때 천천히 보면 인내심이 자라날 것 같았다. 알림을 끄고 나서는 장바구니에 넣어둔 침대를 지웠다. 지금 침대 크기도 괜찮은데, 더 큰 침대가 오면 집이 더욱 괜찮아지지 않겠냐는 욕심으로 담아둔 침대였다. 완벽한 집은 없는 것처럼 지금 집도 충분히 괜찮다고, 이 부족해 보이는 집을 견디어야 더는 집 근처의 호텔을 떠돌아다니지 않겠냐며 스스로를 달랬다.

　돌이켜봐도 그랬다. 이것만 가지면, 이것만 먹으면, 이 것만 손에 쥐면 완벽할 것 같았지만 막상 바람을 이루고 나 면 언제나 다른 것을 탐냈다. 그러니 요가에서 완벽한 자세 를 취하더라도 또 흐트러진 생각에 몰입할지 모른다는 생 각이 들었다. 동작은 이토록 완벽하게 소화했는데, 왜 정신 은 현재에 머무르지 않고 과거와 미래를 돌아다니며 걱정 과 후회를 반복하는 거냐고 자책할 수 있으므로. 아직 몸도 마음도 따라주지 않아 요가와 어울리는 사람은 아니지만, 완벽하게 하는 자세라고는 엉덩이를 발뒤꿈치에 대고 팔에 힘을 뺀 채 편안하게 웅크리는 '아기 자세'뿐이지만, 부족함 을 견디는 연습을 하는 중이라고 생각하면 요가와 아예 어 울리지 않는 사람도 아니다. 그러니까 누가 봐도 이 요가원 에서 제일 못하는 사람은 나라고 해도, 이상하게 그 사실이 밉지 않다.

향기와
냄새의
차이

이대로는 안 될 것 같아 면담을 청했다. 평소 고민이 생기면 언제든 이야기해달라는 분이셨으니 오래 궁리하지 않고 메시지를 보냈다. 엔터를 누르고 떨리는 마음을 붙잡는 사이 메시지는 빠르게 확인됐다. 업무적으로 조금의 문제가 생겨 조언을 구하고자 연락드립니다. 어떤 일인지 궁금해하는 상사와 회의실에 마주 앉아 가장 먼저 한 말은 "달걀로 바위를 치는 것 같아요"였다. 요즘 느끼는 기분을 한 문장으로 설명하기 위해서는 이 말이 가장 알맞았다. 이 말을 빼놓고서는 나의 상태를 설명할 수 없었다.

회사에서 운영하는 소셜 미디어 계정은 게시글을 아무리 올려도 한 톨의 반응이 없었고, 월요일마다 보내는 뉴스레터도 매한가지였다. 사람들은 새로이 구독을 하기는커녕 본문에 달린 버튼조차 누르지 않았다. 제목으로라도 눈길을 끌기 위해 이모지를 넣거나 카피를 고심하고, 심지어는 메일을 보내는 요일을 바꿔보는 건 어떨지 고민도 하고, 광고 메시지의 템플릿을 바꾸고 첫 장의 문구에 힘을 쏟기도 했지만 여전히 역부족이었다. 아무도 읽지 않는 글을, 아무도 보지 않는 웹자보를, 아무도 신청하지 않는 프로젝트를 두고 홀로 끙끙 앓는 기분이었다.

매일 그저 그런 비슷한 일을 하는 것도 지침에 한몫을 더했다. 일이 익숙해지자 졸면서 할 수 있는 경지까지 이르렀지만, 졸면서 할 수 있을 정도로 일이 손에 익어버렸다는 건 지루하다는 뜻과도 겹쳤다. 요즘 유행한다는 인기어를 넣어 제목을 꾸려보고 광고 문구도 나름 다정하고 유쾌하게 적어봤다. 읽는 사람은 발송한 만큼의 반의반도 되지 않았다. 어떤 이들은 아무도 알아주지 않는대도 재미만으로 일을 이어간다고 했다. 나는 아니었다. 눈에 띄는 결과가 따르지 않으면 금세 흥미를 잃었다.

고민하다 한 줄의 문장을 더 내뱉었다. "콘텐츠를 아무리 열심히 만들어봤자 아무도 관심 없는 것 같아요. 그래서 무기력이 들어요. 어떻게 이 무기력을 헤쳐나갈 수 있을까요?" 이쯤 되니 불평을 하는 것 같아 새롭게 말을 더했다. "불만을 얘기하려는 건 전혀 아니에요. 제가 제안한 모든 것을 이미 해보셨던 분이니까 조언을 청하고 싶었습니다."

불만은 없다고 했지만 어느 정도의 불평이 담긴 내 말에 상사는 정론으로 응수했다. "브랜딩을 하는 작업이라고 생각해요. 우리의 자산을 모으는 거죠. 아무도 안 본다고, 아예 아무것도 안 할 수는 없으니까." 맞는 말이었다. '뉴스레터 아무도 안 보니까 안 써야지!'라거나 '광고 메시지를 보내봤자 아무도 클릭하지 않으니까 보내지 말아야지!'라고 결론짓는 건 정말 손을 놓은 채 그저 하릴없이 토끼가 찾아오기를 바라는 거나 다름없었다. '사람들이 메일을 안 읽으니까, 이렇게 해보는 건 어떨까요?'가 아닌 '사람들이 메일을 안 읽으니까 너무 힘들어요!'에 그친 투정을 했다는 사실에 얼굴이 붉어졌다.

실은 창작자로서 내내 그런 마음으로 콘텐츠를 대하고 있었다. 지금껏 세상에 내보이지 않은 동화와 청소년 소설을 담은 개인 뉴스레터 역시 구독자가 예상했던 것보다 빠르게 늘지 않아 열 번을 채 발송하지 않고 그만뒀다. 브런치에서 대상을 받아 출간된 두 번째 책도 기대보다 잘 팔리지 않아 더는 글을 쓰지 않겠다고 공식 계정을 통해 절필 선언을 했더랬다.

이 길이 아니면 다른 길을 찾아야지, 를 넘어서 이 길이 아니라면 아예 걷지를 않겠다는 마음과 가까웠던 내 행보가 조금은 부끄러웠다. 바로 주목받지 않는대도 모두가 길을 성실하게 닦고 있는데, 나는 스스로 성실하다고 자부하면서도 성공이 예견된 길만을 좇았다. 상사가 말을 더했다. "시작하자마자 바로 높은 통계치가 생길 수는 없으니까요." 나는 첫 화부터 대박이 나기를 바라는 사람이었으므로 제대로 답을 할 수 없었다.

✦ ✦ ✦   **향긋한 보디워시로 꼼꼼하게 씻는 일**

회사에서 어떤 성과도 내지 못하는 것 같아 내가 너무 싫은 날에, 과정 없이 결과만 제대로 나왔으면 하는 욕심에 파묻혀 내가 너무 싫은 날에, 언제나 그랬듯 비슷비슷한 업무를 해야 해서 톱니바퀴가 된 것 같아 내가 너무 싫은 날에, 나는 퇴근 후 미역이 된 몸을 이끌고 화장실에 들어선 뒤 발끝을 들어 찬장 안 깊숙이 놓인 보디워시를 꺼낸다.

대부분의 사람들은 특별한 날에 향수를 뿌리거나 보이지 않는 무릎 안쪽 구석까지 꼼꼼하게 스크럽을 하지만 나는 조금 다르게, 어쩌면 완전히 다르게 홀로 있을 때가 되어서야 숨겨둔 비싼 보디워시를 슬며시 꺼낸다. 이어서 거품망으로 보글보글 푹신한 거품을 내고 오랜 시간 천천히 따뜻한 물로 몸을 녹인다. 이건 어쩌면 좋아하는 향의 초를 켜는 것과 비슷한데, 원하는 향이 오롯이 내 코에 들어간다는 점에서 둘 모두 아늑한 기쁨을 가져온다. 평소의 나라면 샤워를 하는 동안 온갖 걱정을 주렁주렁 매달고 오늘은 어떤 일을 해치워야 하더라, 냉장고에 남은 음식물은 제때 비웠

나, 하는 생각으로 좀처럼 샤워에 집중하지 못하겠지만 오늘 같은 날은 다르다. 내내 나를 너무 싫어했으니, 그런 나를 조금 더 좋아하자고 만든 시간이니 완벽하리만큼 지금에 집중해야 한다는 점이 눈여겨볼 지점이다.

언젠가 친구가 집에 놀러 왔던 적이 있다. 예기치 않은 친구의 등장에 짐짓 당황할 무렵이었다. 싱크대 거름망조차 제대로 씻어내지 않은 채로 사흘이라는 시간이 흘러 있었으므로. 물론 음식물 쓰레기를 포함한 모든 쓰레기는 제때 비워야 냄새도 나지 않고 벌레도 꼬이지 않는다는 걸 알지만, 쌓인 설거지 더미만큼이나 해야 할 일이 수북하다는 핑계로 청소를 미뤘다. 종일 머릿속으로 기획안을 구상하고 키보드로 생각을 옮기고 나면 밀린 잠이 쏟아졌다. 식탁 위에는 배달로 시킨 커다란 떡볶이 용기가 채 치워지지 않은 채 자리를 지켰고, 친구는 결국 들어오자마자 현관에서부터 "으앗, 냄새!"라며 소리쳤다. 나는 당황해 아무것도 모르겠다는 뜻으로 되물었다. "무슨 냄새?" "음식물 쓰레기 냄새. 이 냄새를 맡고 어떻게 지낸 거야?" 그 쓰레기 냄새를 무감각하게 맡으며 지낸 내가 부끄러워 어딘가로 숨고 싶어졌으나, 이미 나의 몸은 집에 있었으므로 더는 숨을 곳이 없다는 걸 동시에 알았다.

빠르게 싱크대 거름망을 비우고, 음식물 쓰레기를 내다 버리고, 쓰레기를 정리하면서 "이제 냄새 안 나지?"를 연거푸 말하던 나와 계속 난다며 아무리 바빠도 음식물은 치우라는 소리를 하던 친구의 이야기에서 거의 처음으로 냄새와 향기의 차이가 궁금해졌다. 사전에 냄새와 향기를 검색하면 향기는 '꽃, 향, 향수 따위에서 나는 좋은 냄새'라고 나오지만 냄새는 '코로 맡을 수 있는 온갖 기운'이다. 그건 기분이 절로 좋아지는 기운도, 그렇지 않은 기운도 한데 냄새로 묶을 수 있다는 뜻처럼 느껴졌다.

나는 늘 냄새를 덮기 위해 애썼다. 땀 냄새를 덮기 위해 몸을 씻었고, 비바람이 부는 날이면 혹여나 집에서 퀴퀴한 냄새가 날까 봐 디퓨저를 사용했다. 사무실에서는 화장실을 다녀온 내게 화장실 냄새가 묻었을까 싶어 핸드크림을 열심히 발랐더랬다.

만일 친구에게서 "으앗, 냄새!" 대신 "으앗, 향기!"를 들었더라면 어땠을까. 움츠린 어깨가 조금은 빳빳하게 펴졌을까. 언젠가 그 친구의 집에 갔을 때가 떠올랐다. 화장대 앞에 놓인 수많은 향수를 가리키며 물었다. 이토록 다양한 향수가 있는 걸 보니 혹시 마음에 드는 향을 찾는 중인 거냐고. 친구는 웃으며 답했다. "향기라는 건 꼭 높은 층위의 옷을 옷걸이에 걸어두는 것 같아. 옷과 달리 눈에 쉽게 보이지 않잖아." 대답을 들을 당시에는 나도 차원 높은 옷을 걸쳐보자고 다짐했지만 맞는 향을 찾지 못해 번번이 실패했다. 테스트용으로 받은 샘플 향수를 여러 군데 뿌렸다가 코가 얼얼해지는 경험을 하고서는 향기에조차 관심을 잃게 됐다.

그런 내가 향을 찾게 된 건 생일을 맞아 선배에게 비싼 보디워시를 받아서였다. 보디워시는 향수와 달리 많이 발라도 정도를 넘지 않았다. 처음에는 데이트를 하거나 좋아하는 사람을 만날 때, 강의가 있거나 중요한 자리에 참석할 때만 보디워시를 꺼냈다. 차츰 그 사실이 당연하게 느껴진 뒤부터, 그러니까 타인을 만날 때만 단정한 차림이고 혼자 있을 때는 꾀죄죄한 모습이 익숙하게 여겨질 때가 되면서부터 본격적으로 스스로를 되돌아봤다. 이왕이면 판판하게 펴진 옷을 입고 은은한 향을 내면서 나를 싫어하는 쪽이, 주름이 잔뜩 진 티셔츠를 입고 떡진 머리를 한 채 나를 싫어하는 것보다 조금은 낫지 않을까 싶었다. 확실한 건 둘 다 나를 싫어한대도 조금 더 정돈되고 깨끗한 모습의 내가 나를 덜 싫어할 확률이 높았다는 점이다. 설령 두 모습일 때 모두 나를 싫어한다고 해도 조금 더 빠르게 그 기분을 떨칠 수 있었다.

특히 혼자 있을 때 나를 위한 요리를 하는 것이, 혼자 있을 때도 깔끔한 차림으로 지내는 쪽이, 혼자 있을 때도 몸에서 은은한 향이 피어오르는 편이 훨씬 기분 좋다는 걸 깨달은 뒤로 나는 발끝을 들어 찬장 깊숙한 곳에 숨겨진 보디워시를 손가락 끝으로 들어 올린다. 우는 아이를 조곤조곤 달래 알맞은 온도로 따뜻하게 씻겨주고 수건으로 머리를 탈탈 말리고 잘 개어진 옷을 입히듯 스스로를 챙긴다. 그러니까 오늘은, 다시 그 보디워시를 꺼내야 할 때다. 잘 개어진 수건을 준비해 문 앞에 가지런히 놓는 건 덤이다.

시절의
길목

그런 밤이 있다. 잠이 오지 않는다는 이유로 괜히 옛날 사진을 뒤적거리며 추억에 홀로 젖는 밤. 시간을 거스르며 손가락을 내리다 보면 애써 피하려던 존재를 마주치게 되는데, 바로 옛 연인이다. 헤어진 지 꽤 된 연인의 얼굴을 빤히 보고 있노라면 별별 생각이 다 든다. 대체로 사진은 기분 좋은 순간만을 남겨두기 마련이라 시끄럽게 싸운 기억은 쏙 빼고 즐거운 기억을 주로 더듬는다. 가을밤 함께 빙빙 돌던 어린이대공원은 참 좋았는데, 그날 지인들과 떠난 글램핑장에서 몰래 빠져나와 바닷가를 걷던

저녁도 잊히지 않는데, 하는 식으로. 한참 추억 여행을 하다
보면 자야 할 시간을 넘긴다. 그러나 사진첩을 닫고 눈을 감
는 순간부터 추억 여행은 본격적으로 시작된다. 사진에 담
지 않은 현실 연애의 기억이 소환되는 거다. 길거리에서 고
래고래 싸우던 우리 곁을 서성거리던 온갖 사람들부터, 이
별 선언을 받았답시고 내 짐을 바리바리 싸서 현관 앞에 덩
그러니 놓아둔 그까지. 아무래도 오늘 밤은 쉽게 넘기지 못
할 것 같다는 스산한 확신이 든다.

따로 일기에 적지도 않고 영상으로 남기지도 않았건만
그와의 좋지 않았던 기억이 생생하게 앞을 스친다. 왜 그때
나는 그런 애꿎은 답을 했을까? 왜 가스라이팅을 그만 멈추
라고 소리치지 못했던 걸까? 그는 어떻게 나에게 그런 행동
을 보였을까? 수없이 떠오르는 많은 물음표 사이로 불현듯
하나의 커다란 물음표가 솟아오른다. 걔는 지금 어떻게 살
까? 못 살지는 않았으면 좋겠지만 그렇다고 나보다 잘 사는
것도 배가 아프다. 일 년에 한 번 들어갈까 말까 하는 염탐
용 계정에 들어간다. 비공개이던 그의 계정이 웬일로 누구
나 볼 수 있도록 공개 처리가 되어 있다. 나와 헤어진 후 바

로 만난 연인과는 잘 지내는 듯싶고, 고대하던 사업을 하면서 돈도 잘 버는 것 같고, 반려 동물도 키우면서 하루의 소소한 기쁨을 잔뜩 누리고 있는 것 같다. 그가 잘 만나고 있는 연인 계정도 슬쩍 훔쳐보다가 현실을 자각하곤 내려놓았다. 혹시나 힘들게 살지는 않을까 걱정한 내가 우스울 만큼 잘 지내는 모습에 문득 화가 났다. 나도 잘 지내고 싶어!

헤어진 연인의 소식도 보았으니 이제는 절교한 친구의 근황이 궁금하다. 각자의 이유로 더는 우정을 지속하기 어려워 내려놓았던 인연에 호기심이 이는 거다. 요즘은 단순히 사진을 올리는 데서 그치지 않고 글을 쓰듯 생각을 기록하는 창구가 하나씩 있어서 어떤 고민을 안고 사는지까지 알 수 있다. 대학원에 진학했구나, 그렇게 그 학문을 다루고 싶어 하더니. 다음 친구는 유튜브에 브이로그를 올리는 중이란다. 런던에서 카페 아르바이트를 하고 있구나. 바리스타 자격증이라니 멋지다.

훌쩍 흐른 시간과 함께 지나가버린 인연의 현재 소식을 곱씹고 있노라면 약간의 허탈감이 찾아온다. 이제 그만하자는 통보와 함께 끊긴 길을 빙빙 헤매다 들여다보지 말아야 할 집의 창문을 몰래 들여다보는 기분이랄까. 내 경우가 특수한지는 모르겠는데 연인도 그렇고 친구도 그렇고 모두 교집합의 지인이 있다. 한 지인이 있다고 가정할 때, 그 지인은 나도 알고 내 옛 연인도 안다. 그 지인은 옛 친구도 만나고 나도 만난다. 이쯤 되면 멀어진 친구와 연인이 아니라 나에게 성격적 결함이 있는 게 아닌가 싶다. 지인들은 지금도 두루두루 그들과 새로운 추억을 쌓고 있으니까.

"불교 용어 중에 '시절 인연'이라는 말이 있습니다. 그때가 되면 일어날 것이고, 그렇지 않으면 연이 닿지 않을 것이라는 말이지요. 일어날 일은 언젠가 자연스럽게 일어나고 그 결과 또한 우리의 의지만으론 어찌할 수 없다는 의미입니다."

어디선가 들은 시절 인연이라는 말이 귀를 간지럽힌다. 한때 몇십 년의 미래를 약속할 만큼 열렬히 사랑했던 연인과 서로의 장례식에서는 생전 가장 좋아한 노래를 틀자고 약속한 친구 역시 시절 인연이 되었다. 그때 우리는 서로에게 기댔고 두터운 신뢰를 쌓았다. 이제는 시절이 흘렀다. 서로의 인생을 살다 우연히 맞닿은 길에서 즐거운 이야기를 나누고 다시 각자의 길로 떠나기로 결정했다. 물론 마음 한 구석엔 그 시절로 돌아가 다시 즐겁게 웃고 싶다는 미련이 있지만, 그 소망을 훌훌 털지는 못해도 인정해야 한다. 가족에게조차 말하지 못할 속 깊은 비밀을 슬며시 내놓던 우리는 이제 무얼 하며 돈을 버는지도 묻지 못할 만큼 서먹한 관계가 되었다는 사실을 받아들여야 한다. 그런데 왜 나는 아직까지 뒤를 돌며 그 시절을 빤히 바라보는지. 다른 사람들은 빠른 속도로 단호하게 인연을 끊고 뚜벅뚜벅 잘도 걸어가는 것 같은데. 겉으로는 호탕하고 시원한 척하면서 정작 속으로는 말 한마디를 곱씹고 챙기며 끙끙 앓는 내 성격이 지긋지긋했다. 다른 누군가에게도 옛 애인과 친구의 소식을 들여다보는 염탐용 계정이랄 게 있을지 궁금해졌다.

 내게 있는 다정을 베푸는 일

끊어진 인간관계를 곱씹는 순간, 내가 저지른 실수가 연달아 생각날 테니 관점을 바꾸기로 했다. 지난날 중에서 사람들을 위해 나누었던 배려와 마음을 떠올리기로. 애정을 담은 칭찬을 플러팅으로 이해해 간혹 오해에 빠질 만큼 칭찬에 야박한 시대다. 나는 설령 상대가 플러팅으로 해석할지라도 칭찬을 내놓는다. 그의 약점이나 단점을 찾아 꼬집기보다, 그 열정과 관찰력으로 장점을 찾는다. 오늘 입은 옷이 무척 잘 어울린다고, 조금 전 해낸 발표가 대단했다고.

친척 언니의 도움이 컸다. 막 성년이 되었을 때 처음 만난 커다란 사회적 집단에서 골치를 앓을 무렵 언니는 이렇게 조언했다. "나는 누가 아무리 미워도, 그 사람 장점을 꼭 찾으려고 해. 단점만 가득해 보이는 인간이래도 눈 씻고 찾으면 장점 하나는 보이거든." 언니의 말에 감동한 나는 이후 아무리 싫은 사람을 만나도 장점을 구태여 찾아 일기에 적었다. 이 사람은 말을 잘하지 않는 대신 다른 이의 이야기를 귀 기울여 듣는구나. 저 사람은 재치로 주변인에게 웃음을 주는구나.

상대의 장점을 찾고, 나아가 상대의 마음을 헤아리자 어느새 나도 모르게 배려가 몸에 녹아들었다. 작년 겨울이었나, 회사에 다닐 때 나를 괴롭히던 거래처 사장님이 있었다.

전화를 받을 때마다 "이번엔 무슨 일이에요?"라고 묻는 건 기본이고 대답 사이에 한숨을 연달아 내쉬었다. 연락하기는 싫지만 연락하기 싫다고 말할 용기도 없어 그날도 받고 말았는데, "예쁜 목소리가 아니었다면 이렇게 친절하게 말하지도 않았을 거야"라는 기분 나쁜 말에 자존감이 무너졌다. 전화를 끊고 주변을 돌아봤는데 모두가 바쁘게 일하고 있었다. 동료를 붙잡고 호소하고 싶은 마음이 한가득인데 그러면 이야기를 듣는 동료도 함께 기분 나빠질 게 뻔했다. 마음이 무너질 때마다 매번 동료를 데리고 칭얼거릴 수도 없는 노릇이다. 나는 혼자 씩씩대다가 나빠진 기분에게서 멀어짐과 동시에 내 자존감을 높일 방안을 찾기로 했다. 그건 바로…… 커피를 쏘는 거였다. 커피 내기에서 진 것도 아니고, 왜 갑자기 동료들에게 커피를 사느냐 하면 이유는 단순했다. 동료들은 기분이 좋아야 하니까. 나는 기분이 안 좋으니까. 그……러니까 동료들은 기분이 좋아야 한다.

기분이 태도로 보이는 사람은 하수라지만 정말 기분이 태도로 표현되지 않는 사람이 있을까. 나는 없다고 본다. 화가 나면 눈썹에 힘이 들어가고 숨이 더 깊게 쉬어지는 건 당연한 증상이 아니던가. 어쩌면 나는 전화를 받으면서 나도 모르게 화를 방출했을지 모른다. 낌새를 예민하게 알아차리는 동료는 통화를 마친 나의 안색이 눈에 띄게 어두워졌다는 걸 눈치챘을지 모른다. 오늘은 요아 씨를 건드리지 말아야지, 하고 어쩌면 나도 모르는 배려를 시작할 수도 있다. 세상에는 은근히 좋은 사람이 많으므로 나는 그 가능성을 모두 안고 동료들을 카페로 데려갔다. 고맙다는 동료들에게 진짜 웃음을 보인 건 물론이다. 내내 가짜 웃음만 짓다가 진짜 웃음을 지으니 나를 위한 대책이 맞았다. 그때의 기억을 떠올리니 한층 나아졌다. 실수를 곱씹지 않는 데서 나아가 사람들에게 사랑을 건넸던 기억이 나라는 질척한 염탐꾼을 막았다. 회사 계약이 종료된 후로는 서로의 일정에 바쁜 나머지 이전처럼 자주 연락을 나누지 않지만, 역시나 이번에도 시절 인연인 것 같지만, 상관없다. 최선을 다한 기억이 촘촘하게 박혀 있어 나를 구출해주므로.

내가 인연에게 최선을 다한 기억을 복기하며 스스로를 조금 더 괜찮은 사람으로 여기듯, 힘겹던 한 시절의 나를 붙잡아준 고마운 시절 인연도 분명히 있다. 지금은 추억의 공백이 너무나 큰 탓에 연락하기 어색하지만, 혹여나 연락이 닿거든 진심으로 기뻐하며 받을 수 있는 친구들이다. 스스로를 삼총사라 부르던 우리는 대학에서 교양 수업을 듣다가 같은 학과라는 공통분모로 쉽게 친해졌다. 그때 나는 남들보다 긴 휴학을 하고 복학을 했는데, 친구 둘도 나처럼 긴 휴학을 끝내고 이제 막 학교로 돌아와서 이야기할 거리가 많았다. 고요한 분위기를 좋아하고 소란스러운 자리를 싫어하는 성격도 친해지는 데 몫을 더했다.

그때 나는 심신이 굉장히 허무하고 복잡한 상태였다. 휴학 동안 돈을 벌겠다고 두 번의 인턴을 한 데다가, 얼마 남지 않은 휴학 기간을 즐기겠다고 홀로 한 달의 유럽 배낭 여행까지 끝냈다. 소매치기를 당하거나 설산에서 길을 잃는 온갖 사건을 겪고 기진맥진해서 돌아왔는데, 스물부터 이십 대의 반절을 보낸 애인에게서 이별 통보를 받았다. 복학을 신청했으니 등록금까지 낸 상황이었다. 어쩔 수 없이 밤에는 울고 낮에는 울음을 참으며 수업을 들어야 했다. 친구 둘은 사연을 듣고 나서 수업 시간에 돌연 뛰쳐나가 우는 나를 대신해 교수님께 내가 많이 아프다는 변명을 댔다. 점심에 구내 식당에서 밥을 먹다가 돌연 눈물을 흘리는 나를 위해 숟가락을 내려놓고 옥상 공원에 데려가주기도 했다. 졸업을 앞두고 각자 취업을 준비하는 기간이 길어지면서, 혹은 시험을 준비하기 시작하면서 조금씩 멀어졌지만 서로에게 기대던 그때의 기억을 떠올리면 마음 한편이 훈훈하다.

교환 일기가 유행하던 시절, 가족 모르게 쓴 마음속 이야기를 나눠 갖던 단짝을 스물 이후에 버스에서 마주친 기억도 생생하게 떠오른다. 공부를 안 하던 내게 선뜻 자기 교과서를 빌려주던 아이였다. 피아노 콩쿠르에 나갔을 때 응원을 오겠다며 시험 일주일 전에 학원을 빠지던 아이였다. 버스에서 만났을 당시 그 아이는 어쩜 키만 컸는지 똑같은 얼굴을 해서 쉽게 알아볼 수 있었다. 친구는 대학 추가 합격을 기다릴 때였고, 합격하자마자 내게 연락을 청하고는 서울로 왔다. 우리는 다른 대학교 학생이었지만, 초등학교를 함께 다닌 시절 외에는 같은 추억을 나눈 적도 없지만, 만날 때면 마치 불량식품을 먹던 시절로 돌아간 듯 지난 추억에서 기쁜 지점만을 뽑아 안부를 전했다. 내가 투고한 소설이 문예지에 오르지 못했다거나 친구가 오래 준비한 시험에서

낙방했을 때 우리는 서로가 좋아하는 요리를 사서 서슴없이 상대의 집으로 달려갔다. 시간이 흘러 다행히 친구는 어려운 시험에 붙었고, 나는 문예지에 동화를 올리며 데뷔했다. 공통분모가 사라지고 서로의 세계가 짙게 생겼다. 친구는 철야를 할 만큼 바쁜 직장 생활에 돌입했고, 나는 글이라는 세계에 파묻혔다. 결국 새해를 맞을 때에도 연락하기 어색한 사이로 변했지만 그때 우리는 서로에게 누구보다 더 진한 애정을 건넸다. 그러니 그 시절에 다른 일을 해야 했다거나 어울리지 말아야 했다는 후회는 단연코 없다.

신기하게 맞닿은 인연부터 중간을 가위로 자른 듯 뚝 끊긴 인연이 불현듯 오늘까지 이어지는 경우를 돌이켜봤다. 속상하던 기억은 사라지고 그저 고마움만 남은 인연들을 하나씩 세어보니 슬슬 졸음이 찾아왔다. 본격적으로 잠에 들기 전에 염탐 계정을 삭제했다. 그러지 않으면 덩그러니 현재에 남아 과거만 빤히 쳐다보는 나를 다시 마주할 게 분명했다. 시절 인연들이여, 앞으로도 부디 잘 지내기를. 나도 무척이나 잘 지낼 테니.

화분은
내일 사라지지
않아

　　　　　꿈에 그리던 일이 현실이 되면 어떨
까. 매주 사던 복권이 어느 날 당첨되었다는 사실을 발견하
는 것. 성적보다 훨씬 상향 지원한 대학교에서 합격 통보를
받는 것. 시인이 되겠다고 이십 대를 전부 시로 보낸 지망생
이 유서 깊은 문예지에서 신인으로 데뷔하는 것. 거절을 각
오하고 오랜 친구에게 사랑 고백을 했는데 친구가 기쁜 마
음으로 고개를 끄덕이는 것. 엄청난 환호를 내질러 아랫집
사람에게서 층간소음을 주의하라는 쪽지를 받을 수 있고,
심장이 너무 두근거려 급하게 안정제를 찾을 수도 있다. 무

엇이 되었든 기쁨, 행복, 즐거움, 놀라움이 시시각각 꿈에 도취된 그를 경탄시킬 게 분명하다.

나는 아니다. 놀라움은 잠시뿐, 조금 전 내가 얻은 행운을 잃어버릴 것 같다는 생각에 잠식된다. 동시에 행운이 찾아왔으니 곧 행운과 견줄 불행이 찾아오리라는 확신에 휩싸인다. 당첨된 복권이 내일 아침 사라지면 어떡하지, 복권이 당첨됐다는 사실은 가족에게 알려야 하는 건지. 시인으로 데뷔하거나 대학에 합격했다면 그 발표가 실은 오류가 난 게 아닌지, 곧 무산되었다는 소식이 들려오는 건 아닐는지. 사랑 고백을 받은 친구가 그간 쌓아 올린 우정을 잃기 싫다는 마음으로 억지로 고개를 끄덕인 게 분명하다는 확신에 이르면 불안은 더욱 깊어진다. 괜한 일을 벌였다는 자책감과 후회가 잇따라 나를 괴롭힌다.

기뻐해도 모자랄 순간에 불안부터 느끼는 이 감각은 어디서부터 비롯됐을까. 또렷하게 근원을 찾기는 어렵지만 희미하게 잡히는 말이 있다. 헤아리기 어려울 만큼 어린 나이부터 듣던, "기대하면 실망도 커진다"는 엄마의 조언이다. 엄마는 기대라고 일컫는 설렘으로 부푼 감정을 겪는다면, 이내 그 기대가 좌절되었을 때 커다란 실망과 슬픔이 찾아온다는 이유를 근거로 들었다. 그러면서 늘 내게 기대를 버리라고 덧붙였다. 소식을 기다리며 지레 기뻐하는 내게 찬물을 끼얹는 사람은 엄마였다. 엄마의 말을 무시하고 싶었지만, 나보다 삼십 년 먼저 세월을 겪은 이의 조언을 쉽게 외면하기란 어려워서 기대감이 생기더라도 주변에 알리지 않았다.

엄마는 기대 말라는 조언을 포함해 또 다른 조언을 했는데, "기쁜 소식을 널리 알리지 말아라"였다. 왜 그래야 하는지 물었더니 간결한 답이 돌아왔다. 괜히 주변에 떠들었다가 기쁜 소식이 사라지고 나면 어떻게 수습하느냐는 것이었다. 홀로 꾼 길몽조차 입 밖으로 내뱉으면 사라진다는 속설을 믿는 엄마를 따라 나 역시 기쁨과 설렘이 찾아올 때면 덜컥 겁부터 났다.

십 대가 주인공인 덕에 청소년에게 주로 읽히는 '청소년 소설'이라는 장르를 알게 된 후로 꼬박 십 년 동안 청소년 소설 한 권을 집필해 세상에 내놓고 싶다는 소망을 품었다. 지금을 살아가는 아이들에게 조그만 힘과 희망을 전달하는 그런 이야기를 내놓고 싶었다. 그건 소망보다는 활활 끓는 열망에 가까웠다. 물론 청탁받지 않아도 시간과 애를 들여 장편을 쓰면 그만이지만 잘 쓸 수 있을지에 대한 확신이 없었다. 몇 년 동안 동화 작가 모임에 짤막한 단편 소설만 데려간 이유도 그 때문이었다. 고양이가 말을 하거나 유령과 추억을 쌓는 판타지 동화가 인기를 끄는 요즘, 사무치는 고독과 사건을 맞닥뜨렸을 때 드는 적적함과 곤란함 같은 세세한 감정 묘사를 한 권으로 이끄는 청소년 소설은 드물었다. 작은 문예지에 소설을 내놓아 오르는 영광을 누리기도 했지만 거기서 그만이었다. 장편은 조금 더 화려한, 적어도 환상 존재나 가상 세계를 바탕으로 써야 할 것 같았다. 책은 그 자체만으로 매력적이지만, 팔려야 그 책이 가진 매력을 사람들이 알 수 있으므로.

　작가가 어렵다면 열혈 독자라도 되자는 심산으로 책 두어 권을 들고 단골 카페로 향했다. 노트북을 챙길지 말지 주저하다 가방에 담았다. 읽던 중 혹시나 쓰고 싶은 마음이 솟아오를지 몰랐다. 약간의 가능성을 가지고 조금은 더 무거운 발걸음으로 다다른 카페에서 메일을 받았다. 제목부터 나를 사로잡았다. 작가님께, 청탁 관련 메일 드립니다. 이제 껏 에세이를 주로 냈으니 또 다른 에세이 집필과 관련된 내 용일 거라는 마음으로 메일을 조심스레 열었다. 청소년 장 편 소설 청탁 메일이었다. 밝은 분위기를 애써 짓거나 판타 지 세계를 구축하지 않아도 된다는, 고유한 결과 문제를 담 담하게 담아 소설을 한 권 내고 싶다는 편집자의 이야기에 심장이 요동쳤다. 단편만 줄줄이 쓰던 네가 긴 호흡의 장편 을 단번에 쓸 수 있을 것 같아? 마음 어디선가 예의 기쁨을 강제로 억누르려는 목소리가 크게 들렸지만 무시하고 답장 을 보냈다. 그럼요. 쓸 수 있습니다.

어렴풋하게 만날 날짜를 잡고 노트북을 덮었다. 집이었 다면 눈치도 안 보고 노트북 위로 머리를 털썩 내려놓을 게 확실했다. 애써 정신줄을 붙잡고 어떤 주제로 장편을 내보 이면 좋을지 상상에 빠졌다. 요즘 신간으로 나오는 청소년 소설의 동향을 살피는 건 물론, 지침서처럼 붙잡고 읽는 작 법서를 꺼내 장편을 쓸 때 가장 먼저 해야 할 일에 대한 글 을 읽었다. 정답이 없다는 게 요지였다. 추리 소설 같은 사 건 중심의 이야기라면 플롯을 먼저 짜고, 대략적인 이야기를 구상하고 인물을 촘촘하게 짜도 되고, 문체를 믿고 가느다란 줄기로 손전등을 비추며 느리게 나아가도 된다는 이야기가 성실하게 적혀 있었다. 내 경우는 처음부터 결말까지의 갈등이나 복선을 미리 짜두면 막상 전문을 쓸 때 지쳐 나가떨어지므로 다소 둥글한 구상이 필요했다. 어떤 이야기를 적으면 좋을지 고민하는데 아까부터 요동치던 가슴이 아직까지 빠르게 뛴다는 걸 알아챘다.

실은 이게 다 꿈이면 어쩌지, 기획안을 들고 갔는데 번복당하면 어쩌지, 청소년 소설을 냈는데 반응이 좋지 않으면 어쩌지, 아이들과 어른들에게 선한 영향력을 보내고 싶었는데 그 의도가 왜곡당하면 어쩌지. 온갖 생각이 머리를 옥죄었다. 어렵사리 나를 찾아온 기쁨이 한순간 모래알처럼 흩어질 것 같았다. 친구에게 내가 겪는 이 불안을 고스란히 전했다. "기쁠 때는 기뻐해야지!" 명쾌한 답을 내미는 친구의 목소리를 듣고 좌절감을 느꼈다. 기쁨을 온전히 기쁘게 받아들이지 못하는 내가 너무 싫었다.

식물을 키우는 집사라는 뜻의 '식집사'나 반려 동물처럼 식
물을 곁에 두며 삶의 일부로 들이겠다는 마음을 담은 '반려
식물'이라는 단어가 등장하기 전부터 나는 식물에게 기댔
다. 행운을 불러온다는 깜찍한 행운목부터 공기를 정화하
기로 유명한 아레카야자와 콩고, 초보도 키우기 쉽다는 다
육식물 스투키를 집 안 곳곳에 놓았다. 이름을 붙이는 것도
잊지 않았다. 콩고는 콩쥐로, 행운목은 너구리로, 아레카야
자는 잎으로 불렀다. 집의 크기를 헤아리지 않고 커다랗게
자란 콩고의 분갈이를 하느라 화장실을 모래가 휘날리는
해변가로 만들었던 날을 떠올리며 혼자 킬킬 웃었다. 행운
목의 귀여운 이파리는 자랄수록 하늘하늘 늘어져 어느 친
구는 꼭 버드나무를 닮았다고 이야기한 적도 있었다.

　　푸릇한 식물은 보기만 해도 행복했지만, 실은 키우고 돌
보는 데서 더 많은 위로를 얻었다. 식물에게 햇볕을 주기 위
해 억지로 몸을 일으켜 암막 커튼을 걷었고, 식물에게 물을
흘려보내며 내 몸에도 물을 주었다. 식물도 왈칵 물을 마시

니까 나도 벌컥 마시는 식이었다. 밀려드는 약속을 다녀오느라 식물에게 신경을 잘 못 쓰는 경우에는 때때로 잎이 갈색으로 변하거나 몇몇 잎이 떨어질 듯한 모습으로 나오기도 했지만, 그렇다고 식물 전체가 하루아침에 사라지는 일은 단연코 없었다. 자고 일어났을 때 이파리가 몇 개 떨어졌다고 하더라도 단번에 식물 전체가 손을 못 쓸 만큼 생기를 잃지는 않았다. 햇볕을 맞지 못했다면 창가 근처에 두어 광합성을 시켰고, 물을 잘 마시지 못했다면 영양제 키트를 꽂으면 됐다. 화분은 여전히 내 옆을 지켰다. 그 사실을 잊지 않기 위해 애를 썼다. 온전히 내 것을 키우고 있다는 감각에 집중했다. 가만히 식물을 바라보며 멍하니 앉아 있을 때, 물을 줄 때, 햇볕을 쬐게 하기 위해 화분을 들 때 느끼던 현재의 기쁨을 누린 그때의 기억을 꺼냈다. 비록 지금은 모든 성취가 날아가버릴 것 같은 불안에 휩싸이지만 식물을 키울 때만큼은 그런 걱정을 내려놓았다.

처음 식물을 들일 때는 당연히 식물이 죽으면 어쩌지, 하는 걱정으로 돌보았지만 차차 익숙해지면서는 건강하게 살리는 쪽에 방향을 맞췄다. 오래오래 지내야 해, 쑥쑥 커야

해, 조그맣게 튀어나온 잎이 커다래지도록 최선을 다할게.
지향하는 가치를 바라보며 최선을 다하면 되는 일.

이렇게 보자면 식물을 키우는 게 늘 힘이 되었던 것 같
은데 실은 그렇지 않다. 때로 무료했다. 그러니까 물과 햇볕
을 중점으로 식물을 가꾸며 내 일상을 돌본다는 점에서 큰
힘이 되었지만, 종종 식물이 정말 살아 있는지에 관한 의문
이 들었다. 식물은 말을 하거나 역동적이게 움직이지 않았
으므로. 겉으로는 반려 식물이라는 애칭을 붙였지만 대화
를 걸어도 답이 오지 않는 식물을 바라보며 그저 푸릇해 보
이는 물건 하나를 둔 듯한 기분이 들었다.

그러나 며칠 집을 비우고 집에 돌아오면 식물은 조그만
잎 하나를 내게 내보였다. 마치 나는 네 덕분에 잘 살고 있
다고 답하듯. 활발하게 움직이지 않지만 식물은 한 달 전과
비교하면 반 뼘 더 자라 있었다. 꾸준히 씩씩하게 자라달라
는 내 기대를 저버리지 않고 아주 느리게, 자신만의 속도로
나아가고 있었다. 매사 조급하게 일을 벌이고 빠르게 처리
하고 싶어 하는 나와 다르게 식물은 고요하고 느긋하게 자
신이 할 수 있는 만큼의 성장만을 묵묵히 임하고 있었다. 지

금 내 옆을 지키는 산세베리아 곰곰이를 인터뷰하고 싶지만, 아마 곰곰이는 불안에 관해서도 느긋하게 대답할 것만 같다. 오늘의 기쁨을 누리고 내일을 기대하며 살아가라는, 설령 기대가 실망으로 바뀔지라도 훌훌 털고 다른 기대를 찾아 떠나면 된다는, 까마득하게 오래전부터 듣고 싶었던 말을 해줄 것 같다.

처음 이야기로 다시 돌아와본다. 오랜 친구가 나의 고백을 받았다면, 친구의 선택에 의문을 표하지 않고 연인 관계가 두터워지도록 힘을 다하면 된다. 상향 지원한 대학에 입학했다면, 복권에 당첨됐다면, 시를 발표할 기회가 주어졌다면 번복이 되었든 아니든 간에 지금은 번복이 되지 않았으므로 그저 기뻐하고 다음 단계를 밟으면 된다. 설령 도착한 행운이 사라지더라도 행운을 받았을 때만큼은 온전히 기뻐해도 된다. 행운이 사라지고 남았을 때의 허망감과 헛헛함을 구태여 미리 그리지 않아도 된다.

나를 행복하게 만드는 초록 식물은 여전히 곁에 머물러 있다. 몇 밤을 자도 화분은 사라지지 않는다. 정성을 들여 돌보는 한, 식물은 그리 쉽게 사라지지 않는다. 이제 바라볼 방향은 생기 쪽이다. 끝나면 어쩌지, 망하면 어쩌지 하는 걱정을 내려놓고 생기를 담은 소설 한 편을 짓는 것. 느긋한 낙관과 고요한 생명력을 지닌 식물 하나를 오래 키우는 것. 아무래도 새롭게 기를 화분을 하나 더 알아봐야겠다.

어느 게 맞고
어느 게 틀린지는

황금종려상을 받아 화제가 된 영화 〈슬픔의 삼각형〉에는 시선을 붙잡는 장면이 몇 등장한다. 그중 데이트비를 두고 다투는 연인 사이에서 흘러나오는 대사가 있다. 매번 돈에 관한 이야기를 피하려는 여자를 향해 남자가 왜 그러는지 묻자 여자는 이렇게 답한다. "돈 이야기는 섹시하지 않아." 그즈음 나는 우연하게 돈 생각을 많이 하고 있을 때였으므로 그 대사가 지나간 장면에 한참 남아 있었다.

지금부터 나는 섹시하지 않다는 이야기를 꺼낸다. 돈이

없다고 칭얼거리는 사람은 되고 싶지 않지만, 이왕이면 돈 이야기 말고 다정과 사랑 이야기를 줄줄이 꺼내고 싶지만, 세 번째 책을 쓰는 중에도 스스로를 못 미덥게 생각하는 이유는 대부분 통장 잔고에서 기인하므로 돈 이야기를 빠뜨리지 않고는 나를 좋아한다고 말할 수 없다.

회사를 나온 지 두 달이 넘었다. 꼬박꼬박 입금될 정기적인 수입원이 끊겼다. 게다가 내 성향과 맞는 회사도 찾지 못했다. 최대한 돈을 아끼려 배달 음식도 줄이고 카페를 가는 횟수도 줄였지만, 빨래를 돌리고 잠을 자는 것만으로도 상당한 돈이 든다. 침을 삼키고 통장 잔고를 열었다. 이대로 쓰다가는 일 년도 못 버틴다는 결론이 나왔다. 늘 피하던 계산을 마주 보는 일은 상당히 버거웠다. 몇 년 동안 쉬지 않고 일했는데, 일 년조차 버티지 못한다니. 돈 벌 구석을 찾지 못하다가는 아끼는 가구와 물건을 모두 처분해야 한다. 비싸게 주고 산 푹신한 의자와 판판한 나뭇결 책상을 바라보았다. 이 아이들만큼은 지키고 싶었다. 책상과 의자를 파는 일은 단순히 가구를 파는 일에서 그치는 게 아니다. 글을 쓸 공간을 잃는 거다.

글쓰기 수업을 할 때였다. 질문이 있냐는 상투적인 물음에 한 아이가 손을 들었다. "선생님, 좋아하는 일을 해야 하나요, 잘하는 일을 해야 하나요?" 들어보니 작가를 꿈꾸고 있는데 작가에 관한 책을 읽으면 모두가 전업 작가의 힘겨운 생계 이야기를 해서 진이 빠지는 중이라고 했다. 좋아하는 글을 쓰면서 강의도 잘하면 전업 작가로 무리가 없냐는 꼬리 질문을 받았을 때는 조금 당황했다. 밀려드는 강의를 모두 수락하는 바람에 서둘러 준비하느라 정작 마감을 앞둔 글을 못 쓴 적도 많아서였다.

어른들이 흔히 말하는, '좋아하는 건 취미로 하고 잘하는 걸 직업으로 삼으라'는 이야기도 하고 싶지 않았다. 재미가 동반되지 않은 잘하는 일은 아무리 잘해도 오래가지 못한다는 생각이 들어서였다. 좋아하는 일을 오 년만, 꼭 오 년이 아니더라도 버틸 만한 기간을 정해두고 해보라는 답변으로 마무리지었다. 집에 돌아왔는데 정답을 말한 게 아닌 것 같아 한참을 끙끙댔다. 좋아하는 일로 돈을 벌고 싶다는 개인적인 소망을 아이들에게 전달한 게 아닌가 싶은 마음까지 들었다. 현실적으로 접근한다면 잘하는 일로 돈을 버는 게 어쩌면 더 많은 돈을 거머쥘 텐데.

　좋아하는 일로 돈을 벌고 싶다는 소망은 취업을 위한 면접 자리에서도 감추지 못했다. 글을 업으로 하고 싶어 에디터 직무로 지원했는데, 면접관에게서 "퇴사한 이유가 출간 때문이라면, 다시 출간 계약이 됐을 때 또 퇴사하시겠네요?"나 "그러니까 회사 일보다 작가 일이 더 우선이신 거죠?"라는 무례한 질문을 받을 때면 주눅 들지 않고 꼿꼿이 목을 세웠다. 대답은 유순했지만 속내는 그렇지 않았다. 글 쓰는 사람을 구하면서 정작 글을 존중하지 않는 곳은 나도 거절이었다. 숙이지 못하는 자존심이 불타는 열정의 밑바탕이 되는 날도 있었지만 아무것도 하고 싶지 않아 이불 속으로 기어들어가게 만드는 이유가 되기도 했다. 하기 싫은 일도 해내야만 하는 회사라는 조직에 일 년 넘게 몸담고 일하는 친구들이 존경스러웠다.

　저녁마다 상사 욕을 하면서 다음 날 아침이 되면 언제 분통을 터뜨렸냐는 듯 웃음을 띠고 출근하는 친구에게 애써 출근을 할 수 있는 동력이 무엇인지 물었다. 친구는 무덤덤한 말투로 "월세를 내야 하니까"라고 답했다. 체념한 모습의 친구에게서 문득 청소 일을 하던 엄마의 모습이 겹쳤다. "나랑 놀아, 응?" 하고 바짓가랑이를 잡던 내게 단호한 음성으로 "오늘 내가 돈을 못 벌면 우린 굶어 죽어"라며 팔을 뿌리치던 엄마. 월급을 못 받으면 당장 다음 달 생활비도 빠듯하다고 한숨 쉬는 친구. 나는 왜 자존심을 지킨다는 핑계로 그들처럼 하기 싫은 일에 팔을 걷어붙이지 못하는 걸까. 싫어하는 일을 하기 싫다면 좋아하는 일이라도 열심히 해야 할 텐데, 그러면 종일 글을 써도 모자랄 판에 어째서 불안감을 지닌 채 정규직을 힐긋거릴까. 누군가 수없이 펼쳐진 갈래 중 어떤 길을 걷겠냐고 묻는다면, 나는 울상 지으며 모든 길을 둘러보면 안 되냐고 되물을 것 같았다. 주변을 둘러보았다. 친구들은 하나의 길을 골라 이미 저만치 앞서 나가고 있었다.

나와 고만고만하게 비슷하다고 여겼던 친구가 실은 나와 다른 안정된 길을 걷고 있다는 사실을 처음 깨닫던 장면이 스친다. 고시원 부엌에서 만난 친구는 성격부터 마음에 들었지만, 커다란 공통분모가 없었더라면 이만큼 친해졌을지 알 수 없을 만큼 소득 분위까지 비슷했다. 지방에서 상경해 같은 고시원에 살던 우리는 학기마다 발표되는 국가 장학금 결과가 같았다. 그건 비단 개인의 재산뿐만 아니라 가족의 재산도 비슷하다는 뜻이었다. 우리는 눈치 보지 않고 마음껏 가난을 이야기했고, 주말 단기 아르바이트가 열리면 빠르게 공유할 만큼 서로의 통장 사정을 속속들이 알았다. 그때의 나는 용돈도 턱없이 부족해 몰래 생활비 대출까지 받곤 했다. 친구 역시 말만 없지 나와 같은 줄 알았다.

그러던 어느 날 친구에게서 뜻밖의 소식을 들었다. 더위를 피하려 카페에 들어선 우리가 딸기 스무디의 가격을 보고 아메리카노를 시켰을 때였다. 에어컨 바람을 쐬며 음료를 홀짝이던 친구가 입을 열었다.

"드디어 거의 다 모았어, 보증금."

과외비로 오백만 원 정도를 모았다는 얘기였다. 내가 애인과 함께 흥청망청 데이트를 하는 동안 친구는 착실하게 돈을 모으고 있었다. 나보다 일 년이나 일찍 고시원을 나선 뒤 원룸을 구한 친구를 지켜보았을 때, 진심으로 축하를 해줬던가. 속내를 들키지 않으려 나름 최선을 다해 기뻐했지만 어느 정도는 진짜 기분을 들켰던 것 같다. 이루 표현하기 어려운 자괴감이 들었으므로 완벽히 감출 수 없었다. 친구의 보증금 소식을 듣고 애인에게 급작스러운 이별을 통보할 정도로 온갖 감정이 소용돌이쳤다. 이별의 이유를 묻는 애인에게 데이트비를 아끼려 한다는 말은 할 수 없었다. 보증금을 모으고 한 평짜리 고시원에서 나가기 위해 헤어짐을 선택했다고 차마 밝히기 어려웠다.

그때는 오백만 원어치의 자괴감이었다면, 서른에 다다른 지금은 몇천만 원이라는 연봉과 억을 넘는 전세값어치의 자괴감이 따르는 기분이다. 이대로 시간이 흘러 마흔이나 쉰이 되었을 때의 우리를 상상해보았다. 성실하게 연차를 쌓으며 일하는 친구와 달리 불의를 보면 참지 못하고 퇴사하는 내 모습으로 보건대 얼마 후면 우리 사이를 끈끈하게 잇던 '늘 부족하고 고만고만한 돈'이라는 매개체가 사라질 게 뻔했다. 한때는 중앙 난방 시스템이 돌아가는 같은 방에 살았는데, 조금 뒤면 입는 옷도 먹는 음식도 사는 환경도 전부 달라질 것 같았다.

칭찬을 들어야만 신이 난다. 신이 나야 할 맛이 난다. 칭찬
은 고래만을 춤추게 하지 않는다. 고래 옆에 웬 사람 하나
가 붙어 있다. 이 성향이 단점으로 느껴진다. 칭찬보다 비판
이 많은 시대에 살면서 끊임없는 칭찬을 듣고 싶어 하는 욕
심이 스스로를 망친다는 생각이 들어서다. 소설을 쓸 때도
고작 한 문단을 쓰고 칭찬받고 싶어 하고, 동화를 쓸 때마저
겨우 제목 하나를 짓고 칭찬받고 싶어 한다. 무언가 끈적함
이랄 게 없다. 온라인에 글을 올리기 시작한 것도 칭찬을 받
고 싶어서였다. 진득하니 글을 매듭짓는 것도 중요하지만
소통도 중요했다. 사람들이 내 글을 읽고 있다는 감각이 귀
했다. 뜬금없이 개인 소셜 미디어 계정에 글을 올려 집필실
로 독자들을 초대한 건 그 이유였다. 독자를 실물로 보고 싶
어서였다. 내 글을 읽는 사람이 허상이나 허구가 아니라는
사실을 발견하고 싶었다.

    사람들을 귀찮게 붙잡지 않으면서 끊임없는 칭찬을 들
을 수 있을 방법을 고민하다 '긍정 확언 명상'을 생각해냈

다. 찾아보니 이미 많은 사람들이 확언 명상으로 마음을 다독이고 있었다. 사실인지 모르겠지만 잘 때 들으면 자는 동안에 잠재의식을 바꾼다고, 귀로 들어온 확언이 잠재된 무의식 세계에 새겨진다고 했다. 그게 진짜가 아니래도 칭찬으로 자존감을 올리고 싶은 나는 긍정 확언 명상을 틀었다. 잔디가 흩날리는 차분한 배경음 사이로 한 사람의 목소리가 들어왔다. '할 수 있어요! 이룰 수 있어요! 그러니까 무엇이든 해보세요!'와 같은 고등학생 때 읽은 자기계발서의 목소리로 시작할 것 같았는데, 예상은 빗겨나갔다. "나는 사람들을 좋아하고 사람들의 좋은 점을 본다. 나는 용기 있게 도전한다. 나는 충분히 휴식하고 좋은 컨디션으로 하루를 시작한다. 나는 사랑스러운 사람이다."

처음에는 확언을 가만히 듣는 데 시간을 보냈고, 이윽고 그 말들을 속으로 되뇌었다. 너는 사랑스러운 사람이야, 로 누군가가 내게 말하는 칭찬이 아닌 내가 직접 내게 나는 사랑스러운 사람이라고 읊는 지점이 좋았다.

긍정 확언 명상과 돈에 대한 결핍이 무슨 관련이 있나 싶지만, 긍정이 담긴 문구를 들으면 돈 자체에 집중하기보다 돈이 지닌 가치로 시선이 분산된다. 확언의 대부분이 사랑과 여유 같은 가치여서일까. 돈이 없다고, 돈이 없는데 어떻게 친구를 만나겠냐고, 돈이 없는데 어떻게 좋아하는 일을 하겠냐고, 돈이 없으니 내 생활이 위태로워질지 모른다는 상념은 서서히 가라앉는다. 그 대신 새로운 이야기가 떠오른다. 나는 마음의 여유가 있는 사람이다. 나는 좋은 것을 알아볼 수 있는 안목이 있다. 당연하게 여겨 쉬이 넘어가버린 강점이 언어라는 체계로 모인다. 이윽고 돈을 벌어야 하니까 인간관계를 포기해야 한다는 확신이 사그라든다. 지인과의 사이를 더욱 돈독히 하기 위해, 지인이 나와의 만남을 부담으로 여기지 않고 온전한 기쁨으로 받아들이게 하기 위해 돈을 벌어야 한다는 생각으로 바뀐다. 많이 모으기 위해 쳐내는 식에서 잘 쓰기 위해 모으는 식으로 나아간다.

여전히 좋아하는 일과 잘하는 일 사이의 갈피를 잡지 못한다. 달마다 빠르게 휘발되는 통장 잔고를 보며 불안에 떠는 것도 맞다. 이 마음을 그래프로 표현하면, 검은 곡선은 불안이라는 끝도 없는 밑바닥으로 내려간다. 하지만 나는 확언 명상에서 들은 문구처럼 '나를 위한 최고의 선택을 하는 사람'이니까, 그 긍정을 믿어보려 한다. 그러면서 느리게, 더딘 속도로 감정의 평지로 올라오는 나를 발견한다. 어느 게 맞고, 어느 게 틀린지는 아무도 모른다. 가보지 않고서는 알 수 없다. 가봤다고 하더라도 사람마다 다르다. 한길을 골라 걸었는데, 그 길이 아니라면 뒤를 돌아 다른 길로 가면 된다.

모든 길을 둘러보지 말아야 한다는 법은 없었다. 우뚝 서서 발을 내려다본다. 지금 내가 서 있는 곳은 돈이 되지 않지만 마음이 끌리는 쪽이다. 훗날의 내가 좋아하는 일을 하기로 선택한 오늘날의 결정 때문에 싫은 일을 해야 한다 하더라도, 이 길에 시간을 담은 과거의 나를 미워하지는 않기를. 나를 지키기 위해 세운 자존심을 알량하다고 깎아내리지 않기를.

독자도
직업이 될 수
있을까

글을 쓰다 보면 도대체 이 이야기를 누가 읽어주나 싶은 상심에 빠질 때가 있다. 쓰는 이는 계속해서 늘어나는 반면 읽는 이는 빠르게 줄어든다. 백만 부를 찍어야 베스트셀러 반열에 오른다던 말도 차츰 사라졌다. 이제는 십만 부만 팔려도 어마어마하다. 특히 여태껏 한 권의 책도 내지 않은 신인이 십만 부 넘게 팔았다면 각종 출판사의 러브콜이 쇄도할지 모른다. 그렇다. 출판계는 나날이 어렵다며 곡소리를 내고 있고, 삼천만 원도 되지 않는 연봉을 받고서라도 신입 편집자가 되고 싶어 하는 지망생은 한

가득 줄 서 있다. 편집자 지망생이 많은 것처럼 책을 내고 싶어 하는 작가 지망생도 정말 많다. 인스타그램을 조금만 둘러봐도 6주 만에 책을 내게 해주겠다는 둥 퍼스널 브랜딩의 기초 작업은 책이라는 둥 어지간해선 고개를 끄덕이기 어려운 이야기가 잔뜩 쓰여 있다. 포털 사이트에 이름을 넣으면 작가로 나올 수 있게끔 자비 출판을 해보는 게 어떻겠냐는 광고는 따로 댓글을 쓰지 않고 조용히 다시 보지 않겠다는 버튼을 누른다. 삶을 꾹꾹 눌러 담아 열렬히 쓴 글도 주목받지 못하는 시대에 누구나 할 법한 이야기로, 자신만의 언어를 발견하지 못한 채로 타인의 목소리를 담아 오직 브랜딩이나 한 줄의 명예를 위해 쓴 글이 사랑을 받기란 더더욱 어려운 법이라고 생각한다.

언젠가 이런 질문을 받았다. "요아 님은 요아 님의 이름을 얼마나 찾아보나요?" 나는 하루에 한 번씩이라고 답했다. 질문을 한 작가님은 스스로 일주일에 한 번도 많다고 생각했는데 하루에 한 번은 검색한다는 내 답장에 깜짝 놀란 듯했다. 나는 내 이름을 아주 많이 검색한다. 카페든 블로그든 인스타그램이든 내 이름 석 자와 내가 쓴 책을 찾고, 감명 깊게 읽었다는 글을 발견하면 일주일어치의 위안을 받는다. 그러나 마지막 책을 쓴 지 어느덧 일 년이 넘었으므로, 신간은 하루에도 엄청난 수로 쏟아져 나오므로 책의 후기도 덩달아 하락세로 기울었다. 그러니 드문드문 서재에 책등만 간신히 보이게끔 세로로 꽂혀 있는 책을 뒤늦게 발견해 쓰인 후기를 읽으면 아직 잊히지 않았다고 느끼며 작가로서의 존재감을 확인한다. 아쉽게도 대부분의 날에는 아무 글도 올라오지 않거나 아무 댓글도 달리지 않는 날이 부지기수다. 그럴 때면 한없이 가라앉는 기분을 느낀다. 지금은 썼다 하면 종합 순위에 자리 잡는 어떤 소설가도 등단 후 몇 년간 청탁을 받지 못해 고역이었다는 인터뷰를 읽으며 마음을 달래도 그때만 위로받고, 돌아서면 읽었다는 사실마저 까맣게 잊는다. 두 권이나 냈는데 왜 나는 다음 책을 내자는 청탁이 오지 않는지 침울하다.

책을 내는 건 마치 편지를 쓰는 일을 닮았다는 생각을 종종 했다. 나는 정성이 가득 담긴 편지를 받는 일은 좋아하지만 힘이 없거나 말을 고르느라 답장을 제때 보내지 못한 적이 많았다. 바로 부치지 못한 편지는 마음 깊이 쌓여 상대에게 애정을 주기는커녕 서운을 건넸다. 빠짐없이 완벽한 작품을 만들겠다고 구상하면 정작 백지에서 오랫동안, 어쩌면 영원히 머물게 되는 것처럼, 상대를 다치지 않게 하면서 내가 느낀 감동을 전부 표현하는 단어를 고르기 위해서는 까마득히 오랜 시간이 필요했다. 특히나 새로운 문장을 고심할 힘이 없는 상태라면, 세탁기도 제대로 돌리기 힘들고 다 마른 옷감을 판판하게 털어 너는 것조차 힘에 부칠 지경이라면 답장을 쓰는 건 자연스레 뒷전으로 미뤄진다.

새 책이 세상에 막 나올 무렵 사랑하는 지인들에게 친필 사인을 꼼꼼하게 그려 한 권씩 집으로 보냈다. 누군가는 잘 받았다는 메시지와 함께 받는 대로 사진을 찍어 인증하고 메시지나 선물로 마음을 표현하는가 하면, 누군가는 받았다는 이야기도 하지 않고 읽었다는 메시지도 보내지 않았다. 처음 나는 답장을 보내지 않은 그들의 이름을 줄줄이 읊을 만큼 서운했다. 언젠가 만나는 날 넌지시 다 읽었냐고 물어보면 아직 읽는 중이라고 답하는 친구에게는 말로 표현하지 못할 정도로 속상함을 느꼈다. 손에 꼽을 만큼 친한 친구들마저 내 책을 읽지 않으면 생판 나를 모르는 독자들이 얼마나 내 책을 읽을 수 있을까 싶었다. 호기심에 펼친다고 하더라도 끝까지 붙잡고 완독하는 사람은 훨씬 적으리라는 예상을 하면 더욱 침울해졌다. 괜히 작가를 택한 게 틀림없다고, 괜히 글 쓰는 일을 직업으로 정했다고, 사진이나 영상이나 그림의 세계로 가면 좋았을걸 싶은 마음이 뭉게뭉게 들면 글을 쓰는 현재는 그와 비교되어 더욱 미워졌다. 어느새 나는 나를 다시 싫어하고 있었다.

✦ ✦ ✦   답장을 기대 않고
                정성스러운 서평을 쓰는 일

인스타그램 피드를 하릴없이 내리는데 한 서점을 운영하는 작가님의 이야기가 눈에 밟혔다. 작가라는 직업이 존재하듯, 독서량이 바닥에 가까운 지금으로 보건대 어쩌면 미래에는 독자라는 직업이 새롭게 나타날지 모르겠다는 요지였다. 내게 오만 원을 내시오. 그러면 당신의 책을 한 권 읽어드리리다. 그렇다면 독자 서평단에 서평을 써달라고 요청

하는 건 십만 원이려나. 상상에 빠지는데 마음 한편이 답답해졌다. 말도 안 되는 이야기지만, 그렇다고 완전히 말도 안 되지는 않는 소리였다. 독자가 이리도 귀하다. 브런치와 같은 온라인 플랫폼은 물론이거니와 물성을 지닌 종이책 한 권을 내리읽고 당신의 목소리를 담아 이런 문장이 마음에 와닿았으며 책을 읽고 이런 느낌이 들었다고 자신의 소중한 공간에 서평을 올리는 사람은 손에 꼽을 만큼 없다.

내가 쓴 글은 아무도 안 읽을 것 같다는 생각이 드는 어느 날에, 작가라는 직업을 선택한 내가 미워지는 날에 나는 내 글을 다듬지 않고 오히려 타인의 책을 편다. 한 손에는 연필을 들고 본격적으로 독서에 임한다. 마음을 아리게 하는 문장에는 밑줄을, 이런 삶을 이런 표현으로 쓰고 싶다고 여기게 되는 부분에는 별을 그린다. 청소년 소설부터 동화나 에세이, 소설이나 심지어는 극본까지 줄줄이 읽고 천 자를 넘기는 분량에 맞춰 잘 읽었다는 편지를 남긴다. 서평을 쓰는 일은 쉽지 않다. 혹여나 책을 쓴 작가에게 상처를 줄 수도 있으리라는 가능성에 기대지 않는 게 무엇보다 중요하다. 분명 내 이야기는 힘이 될 거라고, 내가 읽은 마음이 작가에게 전달되리라고 확신하며 글을 쓰는 게 자신만만하게 애정을 담는 방법이다. 출판사에 마케터로 취업하겠다거나 북스타그램으로 팔로어를 늘리겠다는 목적 없이 그저 가만가만 편지를 쓴다. 이토록 누군가의 삶이 뚝뚝 묻어난 책에 대해서는 어떠한 말도 할 수 없다는 이야기를, 어떻게 하면 조금 더 나를 사랑할 수 있을까에 관한 답으로 이 책을 선물하면 좋겠다는 생각을, 책에 촘촘하게 쓰인 삶의 분투를 맛있는 쿠키와 함께 곁들여 사진으로 찍기에는 자신이 못마땅하다는 마음을 덧붙인다. 언젠가는 이런 서평 편지를 올렸다.

"작가님은 이 책을 통해 어디론가 도망가지 않은 채 자책감이나 우울의 늪에 발을 덜 담그며 지내는 방법을 얘기한다. 그게 정말 좋았다. 때로는 인생에 질 수도 있다는 사실을, 그러나 땅에 꼿꼿하게 서서 살아남으면 된다는 따뜻한 이야기를 해주셔서. 나는 책을 읽는 행위만으로 작가님께 커다란 응원을 받았다고, 그러니 나 또한 이렇게 편지를 씀으로써 커다란 응원을 드리고 싶다는 말을 전송한다. (…) 작가님이 오래오래 글을 써주시기를 간절히 바란다. 설령 잠시 사라지시더라도, 몇 년 후에 또 다시금 오실 작가님을 기다릴 준비가 되었다. 완벽한 팬이 여기 서 있노라고 당당하게 말하고 싶다. 이 편지가 작가님께 닿기를, 미래 어느 날 슬럼프가 오셨을 작가님께 소중히 간직되기를 진심으로 바라며."

답장을 기대하지 않고 쓴 글이므로 기다리는 마음은 덜하지만 그래도 가닿았으면 하는 마음이 동반된 글을 발행하고 나면 몇 시간 뒤, 늦으면 며칠 뒤에 해당 책을 쓴 작가에게서 답장이 온다. 조그만 흰색의 하트를 누르든 고맙다는 댓글을 남기든 개인적으로만 읽을 수 있는 통로로 이 마음과 글을 잊지 않겠다는 연락을 받는다. 언젠가 한번은 모작가로부터 "작가로서 생존할 수 있을지에 대한 불안과 고민을 함께 나눌 구체적인 곁이 생겨서 더욱 반갑고 든든하다"는 답신이 오기도 했다. 나는 늘 글을 쓰면서도 내가 과연 작가라고 불려도 괜찮을지 진지하게 의심하는 사람이라 '구체적인 곁'이 되고 싶다는 희망을 뭉근하게 품었다.

나는 오만 원을 받지 않고 사비로 책을 사서 끝까지 글을 읽었고, 십만 원을 받지 않고 내 작고 개인적인 공간에

서평을 올렸다. 작가에게 선물을 받으려고 글을 쓴 것도 아니고, 명예를 얻는다거나 칭찬을 받기 위해 글을 쓴 것도 아니다. 그저 나는 여기 있다고, 당신의 책을 읽는 사람이 이곳에 살고 있다고 말함으로써 셀 수 없이 많은 작가들에게 힘을 건네는 일이다. 영수증 리뷰를 쓰면, 설령 그 음식이 맛이 없더라도 맛있다는 이야기를 지어내면 음료나 사이드 메뉴를 주겠다는 이 시대에 살면서 대가를 바라지 않고 내 힘을 조금 떼어다가 글을 쓴다는 건 비단 그 책의 작가뿐만 아니라 내게도 힘을 주는 기묘한 일이어서 나는 자주 서평을 올린다. 당연히 마음에 와닿지 않은 책은 서평도 쓰지 않는다. 그러지 않으면 그것마저 일이 되고 마니까. 서평단으로 책을 받아도 그 책이 썩 마음에 들지 않는다면 출판사의 다음 책을 받지 못한다는 사실을 잘 알면서 책을 손에서 놓는다. 그러지 않고 이런이런 점이 좋았다고 억지로 쓰면 내 추천글을 읽고 책을 살 다른 독자에게도 미안한 일이니까.

서평이라는 편지를 쓰기 전까지 나는 늘 받는 선물에만 관심을 기울이는 아이였다. 선물을 고르는 기쁨보다 선물을 받는 기쁨이 훨씬 큰 사람이었다. 그런데 답장을 기대 않는 편지를 쓰면서는 선물을 섬세하게 고르고 포장하는 즐거움을 알게 됐다. 책을 쓴 작가에게 닿으리라는 기대를 하지 않고 썼으니, 서평은 공개적인 글이니 개인적인 답장이 오면 깜짝 놀랐다. 하루 전체가 황홀해지는 날도 있었다. 어느 때는 쉽게 휘발되곤 하는 말이었다면 이만큼의 정성과 온기를 주고받을 수 있을까 싶다. 선물을 고르듯 단어를 고르고, 마음에 들지 않는 포장지를 걷어내듯 이상하게 느껴지는 글은 지우면서 한 땀 한 땀 선물을 꾸리는 것 같았다. 게다가 글은 여러 번 읽을 수 있어서 몇 번을 반복해 읽어도 질리지 않는 마음을 들일 수 있다. 말로 마음을 전하는 방법도 목소리의 떨림이나 호흡의 길이를 통해 화자의 심리를 미묘하게 전달할 수 있지만, 글은 말과 또 다른 매력이 있다. 간직하고 저장할 수 있다는 점에서 물성을 띤 선물과도 꼭 닮았다.

여기까지 이 글을 읽은 당신이 혹시나 어떤 일에 열렬히 임하는 중이라면, 그럼에도 그 일을 아무도 알아봐주지 않을 것 같은 우려에 빠진다면, 그 무엇도 바라지 않고 그저 타인에게 작은 감사 편지를 전하는 기쁨을 누렸으면 좋겠다. 그 편지는 당신의 작은 공간에 놓여도 파도를 타고 멀리 멀리 나아가 어쩌면 그 사람에게 닿을 수 있다. 어떠한 제품이, 어떠한 플랫폼이, 어떠한 앱이, 어떠한 요리나 책이 당신의 마음에 들었다고 적는 것만으로 충분하다. 편지를 쓰는 일은 굉장한 노력이 드는 일이어서 쉽게 시작하기 어렵지만 그만큼이나 완성하면 뿌듯한 마음이 뒤따라온다. 아무도 모르지만 오롯이 누군가를 위해 정성을 들인 일이라 스스로에게도 조금씩 힘이 난다. 우울이 오면 얼른 움직여야 한다는 이야기가 있다. 마찬가지로 울적함이 찾아오거든 얼른 편지를 쓰기를. 영영 닿지 못해도, 영영 부치지 못해도, 영영 홀로 간직하게 되더라도. 물론 혹시라도 당신이 서평을 통해 평소 내 글을 잘 읽고 있다는 이야기를 전해준다면 나는 단번에 확인할 예정이다. 말을 고르느라 바로 답글을 달지 못해도 나는 옛날 옛적의 댓글마저 들춰보는 미련한 사람이라 당신의 마음을 한결처럼 확인할 수 있다.

욕조를 둘
공간이
없어도

단짝과 크게 싸운 뒤 가장 먼저 한 일은 본가인 제주행 티켓을 끊는 일이었다. 꼬박 반년 만에 향하는 제주였다. 명절이면 급격하게 오르는 비행깃값 때문에 계절이 두 번 바뀌는 동안 한 번도 가지 못했더랬다.

고향을 싫어하는 편에 속하는 나는 세월이 흐르며 어느새 고향을 휴식처로 여기기 시작했는데, 그래서인지 더욱 짐을 싸는 일에서부터 편안함을 느꼈다. 눈을 감은 채 한 시간의 비행을 끝내고 나서 다시 한 시간 버스를 탄 뒤 집에 도착했다. 갑자기 여기저기서 귀여워졌다는 말을 들었다.

그 말이 그다지 기분 좋게 들리지 않았던 건 말 그대로 귀엽다는 의미만 담겨 있어서가 아니었기 때문이다.

나는 가장 마를 때와 비교하면 무려 삼십 킬로가 늘어났고, 가장 오랫동안 유지한 몸무게와 비교해도 최소 십오 킬로가 늘어난 상태였다. 심지어 지인 몇은 나를 더듬거리며 알아봤다. 상사에게서 불합리한 요구를 들을 때마다, 글이 잘 쓰이지 않을 때마다, 미래에 대한 불안감이 짙어질 때마다 짜고 매운 음식으로 스스로를 달랬다. 일 년 치의 헬스장 이용권을 끊었으면서 운동은커녕 가벼운 산책조차 꺼렸다. 아무리 열심히 움직이고 도전해봤자 무엇이 돌아오느냐는, 결국 사람의 생명은 유한하지 않냐는 의문과 함께, 헛헛함이 들 때마다 입을 벌려 온갖 단 음식을 집어넣었다. 식탁에 놓인 요리가 안주라는 기분이 들면 위스키를 꺼내 곁들이며 내일이 없다는 듯 마셔댔다. 집은 깔끔하게 치우려고 애쓰면서 정작 내 속은 담백하고 깨끗한 요리로 채울 노력을 쏟지 않았다.

이대로는 안 되겠다며 온라인 요가 클래스를 신청했다. 앞으로 진행할 수업을 빠짐없이 잘해보자는 뜻으로 선언하는 시간에 우리를 지도하는 선생님이 불현듯 가슴에 손을 얹었다. 그러고는 차례로 이렇게 외쳐보자는 말씀을 하셨는데, 어찌 보면 형식적으로 보일 법한 말이 조금 뒤 모두를 훌쩍이게 할 줄은 꿈에도 몰랐다.

우리는 선생님의 손짓과 눈빛을 따라 가슴에 손을 얹고 입을 벌렸다. "나와 내 몸은 쓰레기통이 아닙니다." 또렷하게 읊는 사람도 있었지만 대체로 울컥하는 마음이 앞서서, 그러니까 배달 음식과 짜고 매운 자극적인 음식으로 속을 데우던 지난날이 떠올라 자신에게 미안한 감정으로 단어와 단어 사이에 긴 공백을 둔 사람도 있어서 먹먹해졌다. 나는 주먹을 쥐어 손톱을 손바닥에 꾹꾹 새기며 울음을 간신히 참았다. 그 순간을 견디어 선언한 만큼 요가를 성공했느냐 하면 당연히 아닌데, 내 몸은 쓰레기통이 아니라고 모두들 앞에서 뭉뚱그리며 문장을 맺던 그 순간만큼은 잊으래야 잊을 수 없다.

내게 몸무게와 자존감이 직결되었다는 사실을 인정하기 싫지만 비가 오나 눈이 오나 늘 고무줄 바지만 애용하는 내게 옷이 몸에 착 감긴다는 표현을 쓰기란 어렵다. 굳이 말하자면 바지 밑단이 흐물흐물거릴 만큼 널따랗다는 표현이 정확하다. 평소 자주 들르던 옷가게에 가서도 바지가 모인 옷걸이로는 절대 향하지 않는다. 가장 커다랗다고 주장하는 바지 사이즈도 내 하체를 감당 못 한다. 결국 남자 바지를 기웃대는 나를 발견할 때면 종종 부끄러움이 일지만 바지를 입지 않고 다닐 수는 없는 노릇이므로 결국 남성용 바지를 신속하게 산다. 통통한 여자를 위한 쇼핑몰에서도 투엑스라지를 입는 나는 어느 때라고 콕 짚어 형용할 수 없는 순간부터 콤플렉스가 생긴 것 같다. 마른 다리를 지닌 사람과 나를 시시각각 비교하고, 살이 빠지면 꼭 입고 말겠다며 장바구니에 옷을 집어넣었다. 말랐을 때 입었던 치마를 차마 버리지 못해 옷장 안에 꾹꾹 욱여넣었다. 사람들 앞에 서서 이야기할 때도 내가 뚱뚱하다고 손가락질하면 어쩌지 싶어서, 미팅을 앞둘 때도 프로필 사진과 다르다는 비웃음을 당할까 봐 겁에 질려 외출을 피했다. 그런 날은 고스란히 집에 남아 또다시 움직이지 않고 음식을 입에 넣는다. 천천히 오래 씹을 새 없이 우선 삼켜놓고 본다.

평소 품었던 내 심리가 상담 선생님께도 간접적으로 닿

았다. 약간의 갈등만으로 쉽게 부서지는 마음을 건강하게 유지하고 싶어 신청한 심리상담이 열 번이라는 약속 기간에 다다랐고, 상담을 연장하기 위해서는 내가 사는 구에 소견서를 제출해야 했다. 소견서에는 선생님이 또박또박 쓴 글씨로 '비만에 대한 열등감과 무기력이 있음'이라고 적혀 있었다. 소견서를 찬찬히 읽으며 상담을 포기해야 하나 고민했지만 그 말이 아주 틀린 말은 아니었으므로 결국 상담을 연장했다.

내 몸을 완전히 사랑하지는 못하더라도 불완전하게 좋아하자는 마음을 떨치지 않으려고 애쓰지만 다짐처럼 잘 되지는 않는 법이다. 최소한 싫어하지는 않으려고, 미워하지는 않으려고 노력하는데, 어느 날은 그것조차 어려워서 머리를 쥐어뜯는다. 살이 쪘을 때나 살이 찌지 않았을 때나 본연의 나는 나인 만큼 있는 그대로를 사랑하자고 혼잣말하지만 메아리는 멀리 퍼지지 않고 가까이에서 슬며시 사라진다. 어떤 이는 살이 찐 내게 "밤낮이 바뀐 건 아니죠?"라며 조심스럽게 우려를 표했다. 나는 일정한 시각에 출근하고 퇴근하며 꽤나 규칙적인 하루를 보냈는데, 단순히 살이 쪘다는 이유만으로 밤낮이 바뀌어 바이오리듬이 뭉개지고 말았을 거라는 편견에 걸려들었다. "아니에요! 지난주까지만 해도 제때 출근했는걸요." 답을 하는 목소리가 왠지 가느다랬다.

＊ ＊ ＊

마음에 드는
다채로운 입욕제를 쓰는 일

처음 입욕제의 세계에 들어서며 눈을 빛낸 건 파랗고 반짝이는 입욕제의 영롱함에 반한 후배의 독촉 어린 손짓 탓이었다. "언니, 저 믿고 이거 한번 써봐요. 색깔이 엄청 영롱해요. 꼭 우주를 담은 것 같다니까." 굳이 물에서까지 우주를 담고 싶은 마음이 없던 나는 입욕제를 받아놓고 한동안 집의 소품으로만 활용했다. 집에 놀러 온 친구들이 "입욕제를 쓰는구나! 나도 가끔 입욕제를 써. 그렇게 기분이 좋을 수가 없더라"는 이야기를 할 때도 그저 넘겼다. 솔직히 말하면 한번의 목욕에 만 원부터 삼만 원가량의 돈을 쓰는 게 아까웠다. 입욕제를 골라볼까 싶은 마음에 매장에 들어섰을 때 나를 맞는 활기찬 분위기가 익숙지 않아 문 앞에서 주저하지 않고 돌아선 적도 많았다. 입욕제에 들일 한 번의 기쁨으로 한 달의 기쁨, 전기세나 관리비 같은 공과금에 투자하는 게 더욱 효율적이어 보였다. 게다가 가장 중요한 사실은…… 내가 사는 오피스텔의 화장실이 좁다는 거였다. 아마 화장실 한가운데 욕조를 놓는 순간 입구에 서서 만화에 나오는 주인공처럼 팔을 고무처럼 늘려 손을 씻어야 할 터였다.

입욕제를 추천하는 사람을 두 번째로 만난 건 잡지 글을 편집할 때였다. 소소한 취미를 소개하는 기획 코너에서 어느 대학생이 입욕제를 푸는 기쁨에 대해 구구절절 적은 글을 편집하는 중에 이런 문구에 꽂혔다. 반신욕이 그냥 커피라면 입욕제를 푼 목욕은 비엔나커피예요. 하얗고 몽글몽글한 크림이 잔뜩 올라간 비엔나커피에 꽂힌 나를 건드리는 문장이었다. 바로 매료되어 그날 당장 집 근처의 숙소를 예약했다. 숙소를 예약하는 앱을 켜서 월풀과 스파를 검색하니 욕조가 마련된 방이 군데군데 나타났다. 평일이라 그런지 여유로워서 예약까지는 어렵지 않았는데 중요한 건

과연 돈 가치를 할 수 있을까 의심하는 마음이었다. 평일이라 해도 숙박은 값이 꽤 나갔고, 설령 입욕제가 비엔나커피처럼 마음에 쏙 들기라도 하면 앞으로 입욕제에 들일지 모를 어마무시한 돈이 두려웠다. 나는 아직 일어나지 않은 일도 미리 걱정하는 유형이어서 숙소에 들어가 입욕제를 풀지도 않고 걱정부터 했다. 심지어 입욕은 한 시간이 아닌 삼십 분이 될까 말까 하는 시간 동안 끝내야 한다는 이야기도 들었다. 오래 하면 피부에 좋지 않다나.

입욕제를 푼 물에 몸을 담그는 일은 꼭 패러글라이딩과 비슷해 보였다. 패러글라이딩도 십여 분 만에 십만 원을 호가하는 금액을 하늘에 날려 보내는 것처럼 느껴지곤 하니까. 하나밖에 없는 창문이 복도에 달린 고시원에서 몇 년을 보낸 내게 숙소를 빌려 입욕을 하는 건 사치였다.

사치면 뭐 어때! 이런저런 고민에 복잡해진 마음속 어느 내가 소리쳤다. 퇴근하고 집에 달려가 입욕제를 재빠르게 챙겨 숙소로 들어섰다. 욕조에 따뜻하다 못해 뜨거운 물을 잔뜩 채우고 입욕제를 넣었다. 그 순간 타닥타닥하며 재가 타는 음이 났다. 탄산 입욕제는 물과 섞이자마자 빠르게

081

거품과 색을 내보였다. 나는 잘 개어진 타월을 문 앞에 두고 욕조에 들어갔다. 나의 몸무게가 더해져 넘쳐흐르는 물소리가 한바탕 잔잔해졌을 때, 그때 찾아온 고요함이 기뻐서 잠시 울었던 것 같기도 하다. 욕조에서는 라벤더향이 은은하게 피어올랐다.

이후 엄청 비싼 입욕제를 빼놓고는 거의 모든 입욕제를 다 써보았는데, 정작 이렇게 살이 찌고 난 후부터는 실오라기 하나 걸치지 않은 내 몸을 반듯하게 보는 게 힘겨워서 숙소를 빌린 적이 없었다. 살이 빠지면 허리가 잘록하니 들어간 원피스를 입겠다는 다짐처럼 입욕제 역시 그랬다. 살이 조금만 더 빠지면, 허리가 조금만 더 들어가면, 다리가 조금 더 날씬해지면 그때 고고하게 욕조 안에 발을 담그겠다고 고집했다. 그 고집이 꺾인 건 가장 마를 때 쓴 나의 일기를 엿보고 나서였다.

몸무게는 분명 최저치를 경신했는데 정작 내가 예뻐 보이지 않는다고 적힌 일기장에는 도대체 앞으로 무얼 해야 예뻐질까 싶은 고민이 줄줄이 쓰여 있었다. 나는 여기서 조금만 더 빠지면 소원이 없다고 여겼지만 목표를 이룬 나는 정작 다른 목표를 바라봤다. 코가 조금만 더 오뚝했으면, 눈 동자가 조금 더 크고 뚜렷했으면, 턱이 각지지 않고 조금 더 동그라면 얼마나 좋을까 싶은 이야기와 그 옆에 기재된 액수가 적힌 글을 읽고, 완벽하게 만족할 만한 몸에 도달할 수는 없겠다는 확신이 들었다.

근처 상점에 들러 새로 나왔다는 행성 모양의 입욕제를 손에 들였다. 원을 그리며 빚어진 행성 고리도 마음에 들었지만, 무엇보다 색이 완벽했다. 푸른 우주에서 붉고 노란 별이 영롱하게 반짝이듯 색 조합이 신비로웠다. 흰 거품이 잔뜩 일어나 욕조를 뒤덮는 거품 목욕도 좋지만, 오늘의 선택은 거품 없이 물이 짙은 색으로 변하는 입욕제다. 행성 입욕제는 짙푸른 색이 주요 색으로 보이니 분명 욕조에 담긴 물을 자기 색으로 물들일 수 있을 것 같았다. 입욕제를 골랐다면 다음은 욕조가 딸린 숙소다. "욕조 있죠?" 앱으로 확인했지만, 한 번 더 질문하고 카드키로 문을 열었다. 침대의 크기보다 욕조의 크기가 더 중요한 오늘의 숙소. 다행히 욕조는 사진보다 널찍해 보였다.

입욕제를 물에 풀어내는 방식은 두 가지다. 물을 다 채우고 입욕제를 마무리로 넣는 방법도 괜찮지만, 왠지 샤워기로 물을 트는 동시에 입욕제를 조금씩 넣는 방법이 더 좋다. 투명한 물에 색을 입히는 마법사가 된 기분이어서다. 손의 힘으로 천천히 입욕제를 조각냈다. 쏟아지는 물에 조각낸 입욕제를 조금씩 떨어뜨렸다. 상상보다 더욱 짙게 변하는 물을 바라보며 소소한 기쁨을 느꼈다.

모양과 색을 보느라 정작 향은 주의 깊게 살피지 못했지만, 향도 은은했다. 베르가못과 오렌지가 섞인 달콤한 향이 코끝을 맴돌았다. 욕조에 들어가 손가락으로 입욕제를 이리저리 매만졌다. 이어서 입욕제에 스며든 오일로 부드러워진 피부를 쓰다듬었다. 툭 튀어나온 뱃살도, 튼살이 생긴 허벅지도 그리 나쁘지 않았다. 억지로 결론지은 괜찮음이 아닌 진정 괜찮다는 마음에 다가서는 순간이었다. 과거도 나고, 지금도 나고, 미래도 나다. 누가 뭐래도 나는 나니까, 시간이 흐르고 흘러 몸에 주름이 늘고 새치가 나도 그 변화 모두 나니까 나를 미워하는 마음은 이 뜨끈한 우주에 모두 녹여버렸다.

도망치지
말아야
할 때

　　　　　　　　　　억울하거나 화가 나는 일을 겪을 때
마다 두 가지 선택지에서만 빙빙 돌며 고민했다. 싸우느냐,
도망치느냐. 맞서 싸울 재간도 용기도 없어서 밤새우며 고
민한 시간이 무색하게끔 모두 도망을 택했지만 후회는 없
었다. 시간을 돌려 다시 그 상황으로 돌아간대도 맞서 싸우
지 못할 게 빤해서였다. 걸출한 인재를 내보였다고 자랑하
는 자기계발 동아리에 들어갔는데, 알고 보니 친목계발 동
아리였을 때는 오만 원이라는 입단비가 아까웠지만 한마
디도 하지 않은 채 바쁘다는 핑계를 대고 도망쳤다. 어렵사

리 입사한 인턴 시절에는 상사가 꼬박꼬박 내 글에 자기 이름을 달아 꼭 자신이 쓴 것처럼 내보였는데, 어떻게 그럴 수 있냐며 호소하기 위해 입을 열었을 때 나도 모르게 저 깊은 속내까지 구태여 줄줄이 꺼내어질까 봐 조용히 사직서를 냈다. 도망치는 건 여전히 현명해 보였다. 억울함은 비록 풀리지 않을지언정 갈등과 높다란 언성으로부터 멀어졌으니 다행이라고 여겼다.

이번에는 달랐다. 자주 사담을 나눌 만큼 믿었던 동료가 뒤에서 내 이야기를 좋지 않게 하고 다닌다는 소식이 들려왔다. 성실히 쓰겠다고 사비로 장만한 회사용 키보드를 가방에 담으면서, 퇴사한다는 메시지만 남기고 그 이상의 이유는 꺼내지 않는 나를 바라보면서 멍하니 한 감정에 빠졌다. 나를 미워하는 마음이었다. 당장 어제만 해도 연신 마우스를 누르던 내가 다음 날 사무실에서 가방을 싸고 있을 줄은 몰랐는데, 언제까지 도망만 칠 것인지 시기를 알 수 없어 아득한 기분만 가득했다. 인턴 시절 겪은 사건처럼 저 사람이 내 글에 자기 이름을 붙인다고, 말도 안 되는 업무를 시킨다고, 원래 시키기로 했던 일 밖의 자잘한 노동으로 나를 이용한다고 말하고 싶은 마음이 차올랐지만 몸은 생각처럼 움직이지 않았다. 차곡차곡 쌓인 화는 좀처럼 가라앉지 못하고 괜한 지인에게 분출됐다. 사적인 관계마저 뜻대로 흐르지 않으니 지인에게 먼저 화풀이를 한 나를 탓하게 됐다. 이불 안에서 둥그렇게 몸을 만 나는 한없이 가라앉고 있었다. 반대로 나를 싫어하는 마음은 성큼 올라왔다.

어떤 사람은 참는 게 미덕이라 하고, 어떤 사람은 표현하는 편이 장기적으로 봤을 때 낫다는 이야기를 해서 당최 어느 쪽이 답인지 알 수 없었다. 속을 끓게 만들도록 나를 미워하는 마음은 이곳저곳에 내보이면 결국 자책으로 돌아올 테니 이왕이면 나를 괴롭힌 타인에게 화살을 돌려야겠다는 생각이 들자 개인 계정에 그를 저격하는 글을 올렸다. 뒤에서 이상한 말을 지어내는 건 백번 생각해서 이해하겠는데, 글까지 몰래 가져다 쓰니 이건 좀 아닌 것 같다는 게 요지였다. 처음에는 내 글을 자기 것으로 만드는 그 사람에게 화가 났지만 한 번으로 그치지 않는 도용을 보자니 안쓰러울 지경이라는 내용도 담았다.

실시간으로 글을 읽은 친구에게서 연락이 왔다. 누군가

를 미워한다는 글은 올리지 않는 게 너를 위한 결정일 것 같다는 다정한 말이었다. 맞는 말이어서 바로 삭제 버튼을 눌렀다. 글을 지웠으니 더는 퍼지지 않을 테고, 퍼지지 않을 테니 나는 내 이미지를 지켜낸 게 분명한데 이상하게 나를 싫어하는 마음은 더욱 커져갔다. 친구도 아는 당연한 사실, 그러니까 충분히 개인적으로 오해를 풀 수 있을 텐데 굳이 잘못을 공개적으로 꼬집어 깎아내리는 이는 되지 말자는 나의 규칙이 깨진 순간이었다.

　면접을 보면 늘 짧은 경력이 문제로 꼽힐 만큼 모든 회사로부터 도망쳤다. 퇴사 사유는 제각각이었다. 책을 내야 하는데 글 쓸 시간이 없어 직장을 나온 사유가 가장 이상적이었다. 물론 반듯하게 지어낸 사유가 아닌 실제 퇴사한 사유는 말도 안 되는 이야기일 경우가 많았다. 새로 들어온 직원이 내 편 네 편을 가르며 정치를 하기 시작해 도망쳤고, 대표가 나를 예뻐한다며 나를 시기해 괴롭히던 동료가 싫어 도망쳤고, 아침에 깜빡해 인사를 안 했다는 이유로 방을 빌려 세 시간 동안 예절을 가르치던 상사를 보는 게 괴로워 도망쳤다. 첫 책에 무거운 왕관을 써서 척추에 힘을 주는 대신 이왕이면 가벼운 왕관을 찾아 헤매겠다는 내용의 꼭지도 쓴 적이 있을 만큼 도망은 내게 커다란 가치관이었다. 잘못이 아닌 사안으로 된통 혼이 났을 때, 친구가 나의 행동을 보고 혼자 오해했을 때, 혹은 내가 친구의 행동에 섭섭함을 자주 느꼈을 때도 차단과 절교라는 이름으로 상황으로부터 벗어나기 위해 애썼다. 그러나 도망이 마음을 전부 편안하게 해주었느냐 하면 그건 아니었는데, 이유를 찾자니 답이 나왔다. 나는 해결하고 자리를 박찬 게 아니라 문제를 덮어놓고 도망치는 쪽이었던 거였다.

 잔잔한 드라마를 챙겨 보는 일

매번 도망만 가는 내가 너무 싫어서, 그건 당신의 잘못이라 또박또박 외치지 못하는 내가 못마땅해서, 그러다 쌓인 화를 건강하게 풀지 못하고 애정하는 친구에게 괜한 화풀이를 한 내가 미워서 머리를 싸매다가 공연히 티브이를 켰다. 자극적인 맛 하나 없는 심심한 드라마로 마음을 다스리면 기분이 조금은 나아질 거라고 확신했다. 싱잉볼을 듣는 방법과 잔잔한 클래식을 듣는 방법도 있었지만, 눈을 감고 몇 번 해보려니 어둠 사이로 못난 내 모습이 떠올라 사색에 도통 집중할 수 없었다. 리모컨을 잡고 리스트를 후루룩 내리는데 제목만으로 나를 사로잡는 드라마가 보였다. 일본 드라마 〈도망치는 건 부끄럽지만 도움이 된다〉였다. 찾아보니 잡지의 미래를 고민하던 시절 강렬한 힘이 되어준 〈중쇄를 찍자!〉의 각본가 노기 아키코가 쓴 후속 드라마였다. 노기 아키코의 각본 실력에 신뢰가 쌓인 나는 줄거리를 하나도 모르는 상태로 재생 버튼을 눌렀고, 첫 편을 누른 지 얼마 되지 않은 것 같은데 어느새 마지막 화의 마지막 장면을 흐뭇하게 지켜보고 있었다.

줄거리는 간단하다. 저조한 취업률 속 바늘구멍을 뚫고 입사하고 싶은 주인공이 관점을 바꾸어 일자리를 창출하는 이야기. 종종 아르바이트로 임하던 집안일을 아예 직업으로 바꿔버리는 독특한 구성이었다. 월급을 주시면 집안일을 해드릴 테니 우리 함께 살아봅시다! 예상치 못한 전개에 다음 화를 누를 수밖에 없어 자꾸 다음 내용을 궁금해하다

보니 금세 마지막 화에 도착한 거였다.

　그중 가장 인상 깊은 대사는 계약 결혼을 수락한 남편의 입에서 나왔다. 처음에는 속담을 운운하며 "도망치더라도 괜찮지 않아요? 헝가리에 이런 말이 있어요. '도망치는 건 부끄럽지만 도움이 된다.' 쉬운 길을 택해도 되는 거 아닌가요? 도망치는 게 부끄럽긴 해도, 살아남는 게 가장 중요해요"라고 속상해하던 주인공을 안심시키는 계약 남편이 나중에 직접 도망가는 상황이 생기는데, 그때 그는 도망치던 와중 멈추어 생각한다. "도망치는 게 부끄럽더라도 살아남는 건 논쟁의 여지가 없는 사실이다. 하지만 이건 잘못됐다. 사랑하는 사람으로부터 도망칠 순 없다. 그 사람을 잃기 싫으면 아무리 창피하더라도 도망쳐서는 안 된다."

　여기서 나는 그만 먹먹해지고 말았는데, 도망쳐도 괜찮을 때와 도망치지 말아야 할 때를 또렷한 눈빛으로 분명하게 읊는 표정에 압도되어서였다. 뒤돌아 사랑하는 사람을 향해 돌진하는 그의 뒷모습을 보며 일시 정지를 눌렀다. 나 역시 도망쳐야 할 때와 도망치지 말아야 할 때를 명확하게 짚어야 했다. 애정하는 동료에게 서운함이 쌓였다면 갈등이 두렵다면서 관계로부터 달아날 게 아니라 사람을 잃지 않기 위해 용기를 내어 대면하는 게 중요했다. 내가 이런 이야기를 들었는데 소문이 맞냐고, 만일 내가 들은 사실이 맞다면 어떤 이유로 퍼뜨린 거냐고 차근차근 대화의 물꼬를 틀 준비를 해야 했다. 덮어놓고 비행기를 탄 뒤 먼 나라로 떠날 일이 아니었다. 채 풀지 않은 실타래는 여전히 내 발목을 감쌌으므로 그 실타래의 시작점을 알아내야 했다.

결심했다. 나를 도망의 갈림길로 다시금 밀어 넣은 일과 부딪히기로. 이번에는 상담 연장을 위해 심리상담 선생님이 작성한 나의 소견서가 문제였다. 내 상태를 기록한 종이에는 '비만에 대한 열등감과 무력감이 있음'이라는 표현이 있었다. 그 문장을 읽은 후로부터 시간이 꽤 흘렀는데도 기억 속에서 전혀 지워질 기미가 없었다. 선생님은 언제나 나를 아름답고 예쁘다고 말해주시는 분이었다. 그런데 실은 그런 선생님이 나를 '비만에 대한 열등감이 있는 사람'으로 보고 있었다는 사실이 믿기지 않았다. 상담 센터에 전화를 걸었다가 누군가 전화를 받으면 끊기를 반복했다. 상담을 아예 포기하고 싶었다. 친구를 붙잡고 울기도 했다. 선생님이 나를 예쁘다고 한 건 모두 빈말이었다는 내 하소연에 친구는 절대 그렇지 않으니 오해를 풀기 위해서는 직접 물어보는 게 답이라는 의견을 내놓았다.

소견서를 받은 뒤 일주일이라는 시간이 흘렀다. 이제 삼십 분 뒤면 상담 선생님을 마주 봐야 했다. 지금이라도 취소해야 하는지 심각한 고민에 빠졌다. 소견서에 적힌 내용을 기억에서 지우고 평소처럼 선생님과 오순도순 대화해야겠다는 다짐을 하다가도 어떻게 그럴 수 있겠냐는 물음이 안에서 솟았다. 결국 다툴 각오를 하고 상담 센터를 찾았다. "잘 지냈어요?" 평소처럼 묻는 선생님의 목소리를 듣고 고개를 숙였다. "아니요. 잘 못 지냈어요. 선생님, 그건 너무 하셨어요." 이윽고 선생님의 표정을 살짝 살폈더니 선생님은 당혹스러운 기색을 감추지 못한 채 내 이야기를 듣고 있었다. 나는 억지로 말을 이었다. 이대로 말을 끊고 싶었지만 그건 도망치는 거였다. 나는 어렵게 다시 입을 뗐다.

"소견서 말이에요. 비만에 대한 열등감이 있다고 표현하신 건 제게 상처였어요." 말을 했다는 사실을 지워버리려 애써 웃는 내게 선생님이 어떤 종이를 꺼내 보여주었다. 도대체 어떤 종이이기에 용기 내어 한 말에 대답도 하지 않으시는 걸까. 나는 가까스로 울음을 참으며 종이를 내려다보았다. 그곳에는 삐뚤빼뚤하게 쓰인 내 글씨가 있었다. 비만에 대한 열등감이 있어 상담을 받고 싶어요. 선생님이 소견서에 적은 말은, 결국 선생님의 생각이 아닌 상담을 시작하기 전 내가 직접 쓴 글이었다. 선생님은 그저 소견서를 내야 할 마감일에 맞춰 빠르게 쓰느라 나의 글을 따라 인용했다며 미안하다고 거듭 사과했다. 나는 우물쭈물한 표정으로 가만히 앉아 있었다.

"상처를 받았는데 이렇게 저와 얘기하러 와주셔서 고마워요." 이렇게 말하는 선생님께 도리어 내가 죄송하다는 대답을 하면서 온갖 감정에 휩싸였다. 왜 나는 선생님이 거짓말을 했다고만 믿었을까. 친구의 말이 맞았다. 오해였다. 우는 나를 두고 선생님의 입장을 헤아려보자는 친구의 말에 속으로는 친구에게도 서운했는데, 친구의 말마따나 도망치는 것만이 능사가 아니었다. 그러니까 갈등에 부딪히면 맞서 싸우거나 사건을 두고 뒤로 도망치는 방법, 두 가지만 있는 줄 알았는데 만나서 오해를 풀고 화해하는 방법도 있었다는 걸 까맣게 몰랐다. 살아가면서 이 방법을 늘려 쓰기로, 실타래처럼 복잡하게 얽힌 문제를 느릿하지만 똑바르게 푸는 법의 갈래를 넓혀가기로 마음먹었다. 어쩌면 내가 바라는 좋은 어른이란 이런 방법을 익히고 갈래를 만드는 사람일지 모르겠다고, 아니, 아무래도 그런 것 같다고 정정했다. 〈도망치는 건 부끄럽지만 도움이 된다〉의 "그 사람을 잃기 싫다면 아무리 창피하더라도 도망쳐서는 안 된다"라는 대사를 다시 곱씹었다. 어느 드라마에서 인생을 배운 나는 또 하나의 드라마를 찾았다. 오늘 밤은 〈고독한 미식가〉, 너다!

좋아하는 걸
잘하지
못한대도

        좋아하는 것과 싫어하는 것을 무 자르듯 구분할 수 없다는 사실을 깨달은 때는, 좋아하는 것이 때로 싫어하는 것으로 변할 수 있고 분명 싫어한다고 단언한 것이 점차 좋아질 수 있다는 걸 깨달은 때는, 다섯 살부터 시작한 피아노를 그만두고 붓을 잡으면서부터였다. 부푼 볼로 멜로디언을 장난스럽게 치던 나는 어쩌면 음악에 재능이 있을지 모르겠다며 엄마의 손에 이끌려 피아노 학원으로 직행했다. 음악에 관해서라면 음계조차 읊지 못했던 나는 눈 감고 쇼팽을 칠 만큼 꼬박 팔 년간 건반만 눌렀다. 그러다 피아노 앞에 앉아 흐르는 눈물만 닦던 어느 날 학원을 그만뒀다. 그날은 내가 친 건반으로 음악을 듣는 게 아닌, 몇 시간 내내 좁은 방에 갇혀 벽만 보고 서서 벌을 받는 기분이 드는 날이었다. 나는 선생님의 발언이 없으면 문밖으로 나가지 못하고 꼼짝없이 자리에 앉아 같은 건반만 눌러야 했다.

피아노를 그만두면 제일 하고 싶은 게 무엇이냐는 엄마의 질문에 번뜩 그림이라고 답했다. 상상에만 머물던 나의 세계를 하얀 백지에 펼쳐 보이는 그림이라는 장르가 그렇게 멋져 보이지 않을 수 없었다. 원래는 꼬박꼬박 돌아오는 미술 시간마다 자리를 피하던 나였다. 옷이 물감으로 얼룩덜룩해지는 게 싫어서, 손가락 사이사이에 흑심이 묻는 게 싫어서 그림을 그리지 않았더랬다.

한아름 기대를 품고 들어간 미술학원에서는 세모만 왕창 그렸다. 세모가 끝나면 네모를, 네모가 끝나면 동그라미를, 동그라미가 끝나면 식탁 위에 놓인 사과와 꽃을 보며 최대한 비슷하게 그려야 했다. 수업을 들을 때는 막상 말하지 못했지만 실은 그 모든 게 나와는 맞지 않았다. 나는 빨간 사과 대신 날아다니는 용 모양의 구름을 그리고 싶었고, 국화 대신 줄넘기를 하느라 땀을 뻘뻘 흘리며 숨을 거칠게 내쉬는 아이의 붉으락푸르락한 얼굴을 그리고 싶었다. 그러나 미술학원을 꼬박 이 년 동안 다니면서 배운 기술은 최대한 비슷하게 그리는 법이었다. 지금은 학생 각자의 개성을 존중하며 그림을 가르치는 것 같지만, 내가 미술학원을 다녔을 때만 해도 실물과 비슷하게 그린 사람이 잘 그렸다고 인정받았다. 따라 그리는 것이라면 나의 그림 실력은 이전보다 훨씬 늘어난 게 분명한데 이상하게 칭찬이 늘지는 않았다. 나를 뛰어넘는 친구들이 너무나 많았다.

매일 재능과 노력과 실력과 운을 점쳤다. 같이 그림을 그리는 친구가 오래 치던 피아노를 왜 그만뒀냐고 물으면 지긋지긋해서라고 답하곤 했지만 사실 진짜 이유는 달랐다. 작은 방문 밖에서 들리는 친구의 그랜드 피아노 소리가 듣기 싫었다. 잘 치는 친구들만 그랜드 피아노에 손을 올리는 기회가 주어진다는 게 슬펐고, 매일 그 기회를 가지지 못하는 내가 미웠다. 그림도 다르지 않았다. 나는 늘 밀려나는 쪽이었다. 잘 받으면 장려상이었고, 대체로 참가상인 연필 몇 자루를 쥐고 대회장을 나왔다. 공부를 시작하겠다는 핑계로 미술학원을 그만두면서 생각한 것은 이런 거였다. 좋아하는 세계에 몸을 담그면 자꾸만 잘하고 싶은 마음이 차오른다는 걸, 차오르는 그 마음은 가만두었을 때 질투로 변한다는 걸, 누군가를 온통 시샘하는 쪽으로 변한 마음을 방치하면 좋아하는 것조차 잘하지 못하는 나를 미워한다는 걸, 더는 나를 미워하고 싶지 않다는 걸, 그러니 다시는 예체능을 기웃거리지조차 않겠다고.

평소 일기를 자주 쓰니 글을 써보지 않겠냐는 친구의 권유를 애써 무시한 건 그런 이유에서였다. 글을 쓰기 시작하면 당연히 나보다 잘 쓰는 친구가 나올 테고, 그러면 나는 그의 글과 나의 글을 한 줄씩 비교하며 열등감에 빠질 터였다. 그림과 피아노라는 세계를 한 차례 겪었으니 더욱 쓰기 꺼려지는 수순이었다. 당장 서점을 가도 나보다 잘 쓰는 사람들의 책이 책장에 수두룩 꽂혀 있지 않은가. 심지어 예체능은 인기를 얻어야 하니 스타성까지 겸비되어야 하는 것 같았다. 나는 평범하디평범해서, 흔하디흔해서 그런 인기 작가의 축에는 결코 끼지 못하리라는 확신이 섰다.

지금은 어쩌다 보니 마음을 문장으로 엮는 게 속이 편안해서 계속해서 쓰고 있지만, 마음이 기우는 산문이라는 장르를 찾은 덕에 꿋꿋하게 나아갈 수 있다고 확신하지만, 요즘에는 그 확신이 흔들린다. 나보다 유려한 문장을 쓰고 스타성까지 있어 인기 많은 작가들이 눈에 든다. 북토크를 할 때도 말꼬리를 어물쩡하게 맺는 나와 다르게 분명하고 똑똑하게 자신의 의견을 표하는 멋진 작가들이다. 카메라 앞에 설 때마저 어깨를 움츠리지 않고 판판하게 펴는 작가들이다. 낡은 갈색 피아노가 든 방문으로 들어오던 웅장한 그랜드 피아노 소리처럼, 나보다 더 괜찮고 멋지고 훌륭한 작가를 알게 되면 나는 점점 작아진다. 그들의 문장과 소재와 표현을 몽땅 훔치고 싶다는 욕망을 잠재우느라 바빠진다.

나만 그런 생각을 지닌 건 아닌가 보다. 내가 존경하는 작가 역시 다른 동료 작가와 자신을 비교하는 걸 보면. 한겨레문학상으로 데뷔한 정아은 작가는《이렇게 작가가 되었습니다》에서 "나는 행사장에서 내 앞에 사인을 받기 위해 선 독자들이 만든 줄과 내 옆자리의 동료 작가 앞에 형성된 줄의 길이 차이를 인식하고, 내가 갑작스레 초대받은 특정

행사 자리가 '셀럽'인 어떤 작가가 갑자기 취소하는 바람에 공석이 된 것이었다는 사실을 누군가에게 듣고, 같은 출판사에서 책을 낸 동료 작가가 출판사에서 특별한 대우를 받았다는 사실을 우연히 알게 된다"고 서술한다. 덧붙여 동료 작가의 북토크 사회를 보러 갔을 때의 기분을 "열광하는 팬클럽과 스타가 만나는 자리에 이물질처럼 끼어 있는 느낌"이라고 표현한다. 아직 누군가의 사회를 본 경험은 없지만, 그 외의 장면에는 절로 고개를 끄덕일 만큼 구구절절 공감이 갔다.

현실을 꿰뚫는 주제를 발굴하면서 독자의 마음과 나의 마음을 동기화할 수 있는 표현을 어떻게 골라 쓸지 막막한데, 수정에 수정을 거듭해 나온 책으로 저명도와 인기도가 판가름되어 시시각각 자신을 비교의 구렁텅이로 넣게 된다는 사실이 밉기만 하다. 좁은 출판 시장에서 과연 먹히는 글인지 스스로를 객관적으로 판단하다 보면 정작 본질적으로 추구하는 좋은 글에서 멀어지는 기분이다. 책을 만들 때 보통 몇 부 정도 찍는지도 모를 만큼 시장을 신경 쓰지 않고 쓴 글이 아직까지 마음에 드는 걸 보면 더욱 그렇다. 다른 사람들은 어떻게 부수와 판매량을 미뤄두고 글에만 매진하는 걸까. 이번 책이 유명해져야 다음 책이 나올 가능성이 생긴다고 믿는 내게 글을 쓸 때의 가장 큰 걸림돌은 예나 지금이나 결과다. 고작 연필 몇 자루만을 챙겨주는 참가상이라면 내 선에서 거절하고 싶다.

✦ ✸ ✦ ### 결과보다 과정을 중요하게 여기며
그림 그리는 일

책을 읽으려는 목적으로 패드를 샀더니 친구가 앱 하나를 추천했다. 처음 듣는 이름이었는데, 이미 그림 그리는 사람들 사이에서는 모두가 다 아는 유명한 앱이었다. 원하는 질감의 붓으로 그릴 수 있을 뿐만 아니라 색상도 편하게 칠할 수 있고 층을 나눌 수도 있었다. 고양이를 그린다면 귀 한쪽 코 한쪽을 따로 떼다가 마음에 들지 않으면 지우개를 쓰지 않고도 층 하나를 빼면 그만이었다. 마케터로서 여러 툴을 쓰는 나는 그 점이 굉장히 편해 보여 값을 보지 않고 앱을 샀다. 그러나 비싼 돈을 주고 샀으니 이참에 이모티콘도 만들고 취미로 그림도 그려보겠다고 다짐하던 지난날이 무색하게 입시 미술에 적응하지 못하고 도망쳤던 과거가 스쳐서 한동안 열어보지도 못했다.

그 앱을 열어서 처음 그림을 그린 건 앱을 추천한 친구가 그림을 잘 그리고 있냐고 물어봐서였다. 애써 추천해줬는데 막상 쓰지 않고 있다고 하면 상대방이 무안해질까 봐 그렇다고 답했다. 거짓말은 거기까지만 해도 괜찮았는데, 너는 어떤 그림을 그릴지 궁금하다는 친구의 말에 덜컥 패드가 집에 있으니 집에 가서 보여주겠다는 말을 해버렸다. 집에 도착한 나는 신발을 벗고 부리나케 패드를 켰다. 흰 백지에 창문이 달린 집을 그려보기도 하고, 철 지난 사과를 그려보기도 하고, 고양이를 그려보기도 했지만 전부 성에 차지 않았다.

문득 따라 그리는 방법도 괜찮지 않을까 하는 생각이 들어 그림 몇 개를 앱으로 불러왔다. 차곡차곡 쌓인 그림들의 투명도를 낮게 조절하고 그 위에 새 층을 덧대어 붓으로 섬세하게 따라 그리자 금세 집중이 됐다. 양 갈래로 머리를 딴

여자의 얼굴이었는데 정신을 차려보니 세 시간이 지나 있었다. 누군가의 그림을 따라 그리는 건 아무것도 없는 백지에 그리는 것보다 훨씬 수월했다. 멍하니 어딘가를 바라보는 여자의 얼굴을 친구에게 보내면서 잠시 웃었다. 친구를 속인 것 같아서 난 웃음이기도, 시간이 가는지도 모르게 집중한 내가 기특해서 난 웃음이기도, 그림을 그리며 나보다 잘 그린 그림을 떠올리지 않아 스스로가 대견해 난 웃음이기도 했다.

그날 이후로 나는 여러 그림을 저장했다. 복슬복슬한 강아지부터 턱을 괴는 남자와 풍선을 든 아이까지, 마음에 드는 장면이라면 사진이더라도 그림으로 소화할 수 있었다. 완성된 그림이 마음에 들면 띄엄띄엄 개인 계정에 올렸다. 보고 그린 그림이었지만 꽤 마음에 들었고 사람들도 더할 나위 없이 커다란 칭찬을 보내주었다. 문득 처음으로 무엇을 따라 그렸을 때 칭찬받았던 순간이 떠올랐다. 몸체가 커다란 티브이에는 화면을 잠시 멈추는 일시 정지 버튼이 있었는데, 그 버튼을 누르고 즐겨 보던 애니메이션의 캐릭터를 한참 그리고 엄마에게 보여주었다. 엄마는 정말 네가 그린 게 맞느냐며 한참을 물어보았고, 정말 내가 그린 거였다는 소리를 듣자 엄지를 추켜올렸다.

아무것도 없는 종이 위로 마음에 드는 그림을 그리는 실력에는 훨씬 미치지 못하지만 나는 여전히 내가 미울 때, 글을 쓰지 못하고 다른 작가의 글과 내 글을 시시각각 비교하며 낙담할 때 뜬금없이 앱을 열어 그림을 그린다. 왠지 눈에 밟히는 장면을 불러와서 그 위에 선을 슥슥 덧댄다. 그림을 좋아할수록 글을 쓸 때처럼 잘하고 싶은 마음이 솟아나지만 요즘에는 단순히 잘하는 것보다 몰랑하게 대충 그린 그림도 사랑받는 세상이라 작가의 특색과 꿋꿋함이 무엇보다 중요하다고 생각하고 만다. 지금은 누군가의 그림을 따라 그리지만 이렇게 많이 그리다 보면 언젠가 내가 원하는 나만의 화풍이 생겨날 거라는 상상에 조금 기뻐진다. 그러면 그 기쁨을 얼른 붙잡고 내가 좋아하고 가장 잘하고 싶은 글의 세계까지 옮긴다.

돌이켜보면 잘 그린다는 표현은, 어떤 걸 잘한다는 건 굉장히 주관적인 이야기인데 그 사실을 간과했다. 누군가에게는 화려한 수사가 많은 글이 잘 쓰인 글처럼 느껴지고,

어떤 이에게는 감정을 절제해 담담하게 쓰인 글이 잘 쓰인 글이다. 한 사람이더라도 시간에 따라 예전에는 저 글이, 요즘에는 이 글이 더 잘 쓰인 글처럼 느껴질 테다. 이토록 변화무쌍한 정의라면 굳이 따르지 않아도 될 텐데 괜한 사람들을 시샘하며 하릴없이 시간을 보냈다.

좋아하는 걸 잘하지 못한다고 느끼는 순간은 앞으로도 계속 찾아올 게 분명하다. 나는 요즘 이 작가의 글에 꽂혀서 이 작가처럼 되고 싶다는 마음이, 내년에는 저 작가의 글에 꽂혀서 저 작가처럼 되고 싶다는 아쉬움이 물밀듯 흐르겠지만 그것 역시 너무나 그 분야를 좋아해서 일어나는 당연한 마음이니까 타인의 재능을 칭찬하는 동시에 나의 재능을 의심하지는 말아야 한다고 느낀다. 어찌 보면 무얼 잘하고 싶다는 건 그걸 좋아한다는 거고, 그렇다는 건 아직 싫어하는 쪽으로 가지는 않았다는 이야기니까 아직 나는 이걸 좋아한다고 기쁘게 말할 수 있다는 뜻이다.

애초에 잘하는 것보다 중요한 건 꾸준함이다. '잘'이라는 건 사람 따라 시간 따라 다른 정의이지만 '꾸준하다'는 시간의 개념은 누구에게나 통용되는 흐름이므로. 좋아하는 것과 잘하는 것에 대해 쓴 이 글도 무척이나 빠르게 쓰인 것 같지만, 독서실과 카페를 전전하며 어렵게 썼다. 좋아하는 걸 잘하는 것보다 꾸준하게 하는 게 중요하다면, 꾸준하게 이 글을 마무리한 오늘만큼은 나를 미워하지 않아도 된다. 이왕이면 내일까지만이라도 나를 미워하는 마음이 찾아오지 않으면 좋으련만!

집에
가자

           화재경보기가 울리는 소리에 소스라
치며 깼다. 막 새벽 세 시가 넘어가는 시점이었다. 급하게
지갑을 챙기고 문을 열었는데 복도가 고요했다. 소란스럽
지 않은 복도 풍경에 혹시나 하는 마음으로 단체 메시지방
에 들어갔다. 때때로 주민들에게 동네 맛집이나 괜찮은 반
찬가게 정보 따위를 얻는 곳이었다. 실시간으로 "대피해야
하나요?"라는 메시지가 화면을 꽉 채울 만큼 올라오다가 이
내 한 사람의 질문에 조용해졌다. "관리소장님, 설마 이번에
도 누수 때문인가요?" 경보기는 몇 분 울리다 꺼진 상태였
다. 관리소장의 답변이 올라왔다. "경보기가 작동한 이유를

파악해보겠습니다."

불빛 하나 없이 기묘하게 어둑한 건물을 향해 소방차 몇 대가 도착했다. 결국 "화재는 아닙니다"라는 안내 문구를 읽고도 당황스러운 마음에 밤을 지새웠다. 들어보니 내가 이곳으로 이사하기 전에도 이런 일이 몇 번 있었다고 했다. 그러니 다들 성급하게 문밖을 나서기보다 잠잠하게 상태를 파악했던 게 아닐까. "이러다 진짜 불이 나면 어쩌시려고요?" 어느 주민이 따지자 저마다 고충을 토로했다. 주로 경보기가 울리게 된 원인인 누수를 제대로 탐지하라는 내용이었다. 하루도 거르지 않고 내린 비에 습기가 차올랐고, 잇따라 민감한 경보기를 건드렸다는 이야기를 듣고 난 뒤였다. 꿉꿉한 장마철에 화재경보기가 오작동해 소방대원들의 진이 빠진다는 기사를 읽게 된 건 그즈음이었다. 이사를 가야 하나 머리가 아파오면서, 수많은 집 중에 왜 이 집을 덜컥 계약했는지 스스로가 싫어졌다. 오래 살 목적으로 들인 큼지막한 가구들에 괜한 눈총이 튀었다. 처음으로 누군가의 허락 없이 고른 집조차 나를 괴롭게 하니 누구를 탓하지도 못했다.

언제나 집을 보는 눈이 없었다. 정확하게 말하면, 튼튼한 집을 고를 돈이 없었다. 그도 그럴 게 늘 엄마의 지원을 받아 월세를 냈으므로 벌레가 나타나지 않고 물이 새지 않는 저렴한 지상층은 구할 수 없었다. 집은 내게 있어 엄마가 사준 스마트폰과 다를 게 없었다. 다달이 입금해주는 엄마 덕분에 정기적으로 돈이 나간다는 걱정은 하지 않아도 됐지만 엄마가 내주기 때문에 차마 불평 못 할 지점도 있었다. 잔고 사정에 맞춰 산 스마트폰이기에 고장이 나도 할부가 끝나기 전까지 함부로 바꿀 수 없듯 집도 마찬가지였다. 천장에 곰팡이가 슨다고 해서, 버스를 타고 굽이굽이 고개를 오른 뒤에도 또 한참을 걸어 올라야 하는 옥탑방이라고 해서, 창문에 뽁뽁이를 붙여도 냉기가 벽지를 넘어와 절로 몸이 움츠러드는 집이라고 해서 멋대로 이사할 수는 없었다. 등록금을 아껴주었으면 한다는 엄마의 말에 전액 장학금을 받아야 한다는 부담이 생겨 학업과 관련된 일에만 모든 여유를 내었다.

내내 엄마가 고르고 엄마가 값을 치르는 방에 사는 기분을 느끼는 건 당연한 수순이었다. 마음에 들지 않는 집이기에 되도록 해가 질 때쯤 집에 들어갔다. 수업이 일찍 끝났으니 곧장 집으로 달려가겠다며 즐거워하는 친구가 부러웠다. 친구에게 집이란 간신히 몸을 누이는 침대에서 그치는 공간이 아닌 마음을 누이는 아늑한 안식처였을 테다.

천장에서 떨어지는 물방울 때문에 골치를 앓던 바로 아래층 주민은 이사를 했다고 했다. 그건 이 집을 포함한 건물 자체가 위험하다는 신호 같았다. 거의 처음으로 온전한 나의 힘에 기대 살아가는 집이었는데 이조차 뜻대로 굴러가지 않으니 머리가 아파왔다. 두통약 몇 알을 삼키고 벅벅 마른세수를 했다. 무엇보다 큰 책상을 옮기려면 이사 업체를 불러야겠지 고민하다가 과거의 내게로 시선을 돌렸다. 저렴하게 올라온 청년 주택이라고 바로 계약하지는 말았어야 한다는 후회가 밀려왔다. 지금 후회한다고 과거가 바뀔 일도 없는데, 꼭 무언가가 잘못됐다고 느끼면 그 선택을 한 나를 가차 없이 미워했다. 후회가 치닫자 급기야 본가로 들어가고 싶다는 생각이 들었다. 두 번 다시 내 힘으로 집을 고르고 싶지 않았다. 꼬박 한 달을 고민해 장만한 모니터도 팔아치우고 싶었고 햇볕을 맞으며 책을 읽을 요량으로 산 조그만 소파도 처분하고 싶었다. 전세 대출을 받아 집을 구할까 싶다가도 전세금이 떼일까 전전긍긍하던 지난 내 모습을 떠올리면 역시나 본가로 향하는 게 맞는 선택 같았다.

하지만 코로나 블루로 모든 짐을 싸고 고향으로 내려갔을 때마저 가족과 부딪혔다. 청소를 몰아 해치우는 나와 달리 엄마는 그때그때 모든 물건을 제자리에 가져다 두기를 바랐고, 시끄러운 소리를 싫어하는 나와 달리 아빠는 늘 티브이 소리를 귀가 아프도록 쩌렁쩌렁하게 키운 채 거실에서 영화를 보느라 바빴다. 마지막으로 함께 산 지가 벌써 십 년 가까이 되었다는 사실을 깨닫고 나자 원만한 협의를 포기하고 따로 집 근처의 월세방을 구했다. 고향에서도 따로 살기를 희망하는 내 성향으로 보건대 집 걱정 없이 혼자 캠핑카에 올라타서 사는 게 답인가 싶었다. 이런저런 고민을 하다 보니 문득 편안한 집에서 아무 고민 없이 드라마를 볼 사람들이 부러워졌다. 익명을 부러워하는 마음은 눈덩이처럼 불어났다. 어느새 나는 그들이 되지 못했다는 자괴감에 파묻혔다.

＊ ✳ ＊　　　　　　　　　　　　　인테리어 앱으로

　　　　　　　　취향 어린 방을 저장하는 일

손바닥만 한 창문이 달린 고시원에 살 때는 틈만 나면 부동
산 사이트를 뒤졌다. 나만 그런 줄 알았는데, 함께 고시원
에 사는 단짝도 부동산 사이트를 보는 게 취미랬다. 부동산
을 본답시고 몇십 억짜리 아파트의 시세를 보는 것도 아니
었다. 그저 보증금 오백만 원이나 천만 원만 모이면 옮길 수
있는, 현실과 가까운 월세방을 찾았다. 엄마 몰래 과외를 하
며 번 돈으로 보증금을 모았을 때, 발품을 팔아 불법으로 증
축한 작은 옥탑방을 구했다. 옆집에서 울리는 알람 소리가
들리지 않아 기뻤고, 화장실에 제대로 된 문이 달려 있어 뿌
듯했다. 벽지와 어울리는 이불을 고르고 은은한 스탠드 조
명을 들인 때는 전입신고를 한 날이었다. 나도 어엿한 서울
시민이야, 하고 세 평 남짓한 방에 친구 셋을 초대한 기억이
불쑥 나면 괜스레 부끄러우면서 흐뭇하다.

　몇 차례 집을 옮기는 과정을 겪을 때마다 마음에 드는
집이 바뀌었다. 옥탑방에 살 때는 일층에 사는 게 꿈이었는

데, 막상 일층에 살 때는 창문으로 들어오는 담배 냄새를 피해 더 높은 층으로 올라가고 싶었다. 하나뿐인 창문인데 그 창문마저 손바닥으로 가려지는 집에 살았으니 밖이 훤히 보이는 통창으로 가고 싶었다. 나름 통창이면서 일층이 아닌 전셋집을 계약하고 나서야 부동산 사이트 염탐하는 일을 그만뒀다.

그 대신 새롭게 나타난 취미가 있었다. 남들이 저들의 취향을 가득 묻혀 꾸민 인테리어를 보는 거였다. 가파르게 오르는 서울의 집값과 움직일 기미 없는 나의 소득으로 판단하건대 좋은 집으로 가는 건 불분명해 보였다. 좋은 집을 사고 좋은 집에 사는 대신 나만의 좋음을 담은 집으로 꾸미면 된다는 생각이 들었다. 사람들은 어찌나 저렇게 금손인지, 혼자 벽지를 발랐고 뚝딱 가구를 조립했다. 나도 이대로 있을 수 없다며 팔을 걷어붙이고 가벽을 만들었다. 투룸에 살 수 없다면 투룸으로 만들면 되지 않겠냐는 자신감으로 만든 가벽이었다. 얼기설기 세워진 벽을 통통 두드리며 한참 웃었던 기억이 생생하다.

모든 게 처음부터 완벽할 수 없다는 사실을 잊고 지냈

다. 옥탑방에 살 때는 일층이 완벽해 보였고, 일층에 살 때는 고층이 완벽해 보였으니, 앞으로 사는 경험이 쌓이면서 꿈꾸는 집의 형태는 계속해서 바뀔 수 있었다. 게다가 시간이 지나면 문제는 당연히 생기기 마련이다. 문득 요즘 나를 가장 괴롭힌 모니터가 떠올랐다. 큰마음 먹고 산 커다란 모니터만 해도 일 년 사이 수리를 받은 횟수가 벌써 세 번이나 된다. 처음 본 순간 마음에 쏙 들어도 그 마음이 끝까지 가는 경우는 드물다. 사람의 손때를 타는 것이면 더더욱 그렇다. 고장이 나거나 어딘가 부러질 일이 생긴다. 그러니 어떤 집이든 끝까지 완벽하게 마음에 들기란 어렵다고, 언젠가 우리 집 천장에도 물이 떨어진다면, 그때 가서 수리하면 된다고, 만일 천장에서 물이 샐까 싶은 불안한 마음이 여전히 사그라들지 않는다면 지금부터 이사를 준비해도 늦지 않는다고 스스로를 위안하고 나서야 한결 마음이 놓였다.

스마트폰을 열었다. 앱에 들어가 백 가지가 넘도록 저장해둔 방의 목록을 훑었더니 요동치던 심장이 천천히 차분해졌다. 버섯 모양의 조명을 좋아한다는 사실과 나뭇결이 돋보이는 널찍한 식탁을 가지고 싶다는 것, 그 밖에 창문 밖

으로 강이나 숲이 보이기를 바란다는 속마음을 느릿하게
살폈다.

새롭게 나타난 방 사진을 둘러보다가 어느 방에서 한참
눈길을 두었다. 세 평 남짓한 크기에 아쉬워하지 않고 포스
터부터 엽서와 자석을 빼곡하게 붙여 알록달록하게 꾸민
방이었다. 이름 모를 그의 열정에 덩달아 내 열정도 피어올
랐다. 어떤 집에 살고 싶다는 건, 어떤 집에 살고 싶다고 분
명하게 말하는 능력을 갖췄다는 건, 그만큼 찾아올 미래를
기대한다는 뜻이라고 생각한다. 물론 내가 구현할 수 있는
적정선에서 몇 가지 가구를 들이는 것도 잊지 않았다. 전에
살던 집에선 책상에서 밥을 먹고 글을 썼으니 이번에는 작
업용 책상과 식사용 식탁을 따로 둔 것처럼.

이번 집을 고른 결정적 이유는 이 집이 계단을 밟고 오
르내릴 수 있는 복층이어서였다. 침대 하나로 꽉 차는 방에
살았으니 침실을 나눌 수 있는 복층이 눈에 띄었다. 어느새
나는 천천히 내가 원하는 청사진의 집과 가까워지고 있었
다. 먼 훗날, 그게 예순이든 여든이든 간에 나는 통나무집에
살 예정이다. 어느덧 귀여운 할머니가 된 나는 벽난로가 이

글이글 타오르는 거실의 흔들의자에 앉아 담요를 덮고 가만가만 책을 매만진다. 그러고는 문을 두드리는 이들에게 따뜻한 차를 건네며 그들의 이야기에 귀를 기울인다. 여기서 중요한 건, 그런 깜찍한 상상에 빠졌다가 돌아왔을 때 현실의 방에 주눅 들지 않는 씩씩함이다.

제주에 오래 살았듯 서울과 부산에서도, 언젠가는 런던의 풍경이 고스란히 보이는 빌딩에서도 스위스의 산이 보이는 작은 마을의 주택에서도 지낼 계획이니까 이 집에 사는 것도 나의 경험이라는 마음을 장착한다. 비록 화재경보기가 틈틈이 울리는 집에 살아 조금은 초조해지지만 집에 들어가기를 싫어해 동네를 괜히 빙빙 도는 나는 이제 없으니까, 추석이라 훌쩍 뛴 비행깃값에 못 이겨 서울에 남았다고 홀로 집에 외로이 갇힌 기분을 더는 느끼지 않고 있으니까 그것만으로 됐다. 꼭 고향이 아니어도 어느 장소든 내 집으로 만들 용감함을 지녔으니까 충분하다.

앱에 빼곡하게 저장된 방 소개 사진을 다시 한 번 둘러봤다. 취업한 덕분에 처음으로 독립했다며 "제 집을 소개할게요!"라고 적은 사회초년생의 평범한 문장이 유독 귀여워

보였다. 특히 벽에 달린 국자와 집게가 시선을 끌었다. 보이지 않는 부엌의 어느 구석조차 알뜰히 쓰겠다며 벽걸이를 달았을 그의 부지런한 몸짓이 연상됐다. 그대도 나도 집에 가자. 풀리지 않는 설명서를 한 손에 든 채 땀을 흘리며 빚었을 우리의 집으로. 몸만 누이는 집이 아닌 마음까지 누이는 집으로. 우리, 집에 가자.

계절 맞이
라이딩

습관처럼 연 창문으로 선선한 바람이 들어온다. 하루아침 사이 달라진 공기에 문득 달력을 봤더니 시월이다. 영원히 그 자리에 가만 머물러 있을 것만 같던 여름이 흐르고 가을이 왔다. 옷장 깊숙한 곳으로 손을 뻗어 숨겨진 후드티를 찾았다. 얇은 기모가 달렸으니 어쩌면 땀을 흘릴지 모르겠다고 생각하며 문을 나섰는데 그리 덥지도 춥지도 않은 적당한 옷차림이었다. 후텁지근한 바람이 시원하게 느껴지자 문득 훌쩍 떠나버린 여름을 너무 미워하기만 한 것 같아 왠지 미안했다. 등이 흠뻑 젖는 한여름

일 때는 더위만 끝나면 삶의 질이 높아질 거라 단언했는데, 막상 시원해지니 지난 더위를 더 많이 즐기면 좋았을 텐데 싶은 후회가 든다. 해변에서 수영을 하고 숲에서 캠핑도 하면서. 나는 늘 이랬다. 여름에는 가을을 기다리고, 가을에는 여름을 돌아본다. 현재에 사는 일은 거의 없다. 좋은 일이 생겨도 미래를 걱정할뿐더러 잠에 들기 전에는 느닷없이 과거의 행동을 떠올린다.

여름 한가운데 서서 가을을 손꼽아 기다리듯 회사를 다닐 때 역시 퇴사 후의 프리랜서 생활을 기대했다. 더는 지하철에 몸을 욱여넣지 않아도 된다는 사실에 설렜고 껄끄러운 동료에게 주말에 무얼 했냐는 질문을 하지 않을 수 있어 기뻤다. 입사일만큼이나 퇴사를 기다렸지만 막상 출근을 그만둔 지 한 달이 지나자 불안에 휩싸였다. 앞으로 어떻게 먹고살아야 하지? 사람 인생에 평생직장은 없다지만 최대한 오래 붙어 있을 걸 그랬나? 보험비부터 월세까지, 나갈 돈은 한가득인데 꼬박꼬박 들어올 돈이 없었다. 아무래도 이번 생은 망한 건가?

시시각각 떠오르는 물음표를 잊기 위해 펼친 일기장에

는 이런 문장이 쓰여 있었다. "요즘따라 할 말이 많지만 회사에 해를 끼치는 말은 쓰지 못한다는 규정이 있어 입과 손을 막고 살고 있다. 일상을 그대로 표현하는 게, 누군가의 허락을 받지 않고 표현의 자유를 누릴 수 있다는 게 이렇게나 그리운 사실이라는 걸 몸소 깨달으며 출근한다. 프리랜서일 때는 불안하고 답답했지만 괴롭지는 않았다. 무료하고 지루하고 때로는 세상에 홀로 남겨진 듯한 외로움을 느꼈지만 그렇다고 이유 없이 종종 슬퍼지지는 않을 때였다."

그러면 프리랜서 생활은 과연 즐거웠을까. 회사에 소속되지 않았을 때의 심리가 궁금해 여러 장을 넘겼더니 이번에는 이런 문구가 적혀 있었다. "새벽 일찍 사람들이 저마다의 가방을 들고 부리나케 목적지를 정해 어딘가로 향하는 모습이 부럽다. 정오 가까운 시각에 눈을 뜨는 내 주변에는 인기척이랄 게 없다. 분한 일을 겪을 때 함께 동조해주는 동료도 없다." 프리랜서일 때는 이런 걱정에 시달리고 회사를 다닐 때는 저런 걱정에 시달리면 도대체 나는 앞으로 어떻게 입에 풀칠을 할 수 있겠나 싶어 막막했다.

아직 서른 전이건만 일곱 번을 퇴사했다. '스티브 대리

님'이라고 불러야 하는 이상한 외국계기업부터 위태위태한 초기 스타트업과 나름 건실해 보이는 중견기업까지 여러 곳에 몸을 담았다. 친구들은 때마다 빠르게 입사하는 나를 향해 듣기 좋은 말로 '인재'라며 추켜세워주었지만 실상은 달랐다. 흔히 커리어 로드라 불리는 직업의 길이라는 게 있다면 내 길은 종잡을 수 없는 꼬불꼬불한 길이었다. 심지어 아스팔트도 깔리지 않은 날것 그대로의 돌길. 어렵사리 서류에 붙고 나서 면접관과 이야기를 나눌 때면 언제나 나를 괴롭히는 단골 질문이 등장하곤 했다. "회사를 일 년 이상 다녀본 적이 없네요?" 그 질문이 나오면 맥이 빠졌다. 아무리 예의 바르게 답해도 열에 아홉은 떨어졌다.

왜 나는 남들과 다르게 이토록 끈적하게 한 곳에서 일할 수 없나 고민했더니 답이 나왔다. 계절을 맞는 관점과 비슷했다. 겨울에는 봄을 기다리고 봄에는 겨울을 그리워하듯 회사에 다닐 때는 프리랜서를 소망하고 프리랜서일 때는 회사원을 희망했으므로. 한 계절이 지나고 다른 계절이 성큼 다가오는 동안 나는 미처 작별 인사를 고하지 못한 지난 계절을 그리워하곤 했다. 지금 내가 겪는 여름은 당연하거나 미운 것으로 취급하고, 지나간 봄이나 아직 닿지 않은 가을을 기다리는 데 힘을 썼다. 곰곰 생각해보면 계절은 하루 아침에 도착하지 않는데도 그랬다.

* ✦ *

휘날리는 바람을 맞으며
자전거를 타는 일

멈추려 해도 끊임없이 솟아나는 고민을 애써 잊어보겠다고 무작정 걸을 무렵 나무 옆에 세워진 초록색 자전거 무리를 발견했다. 정해진 목적지도 맞춰야 할 약속 시간도 없으니 여유로운 마음으로 자전거를 빌렸다. 답답한 속을 뚫겠다며 한 번도 타보지 않은 전기 자전거를 빌려 해안도로를 한 시간이나 달린 즐거운 추억이 생각나서였다. 물론 서울 도심에서는 빠른 속도로 쌩쌩 달리는 전기 자전거를 운전할 능력이 없으므로 따릉이라 불리는 일반 자전거를 골랐다. 서울 위쪽에서부터 시작한 라이딩은 금세 서울 중심부까지 다다랐다. 차가 많아 아무래도 제주보다는 조심스러웠다. 골목 사이사이를 누비는 차를 피하고 혹시나 행인과 부딪칠까 봐 바쁘게 눈을 굴렸더니 금세 진이 빠졌다. 머리를 싸매고 고민할 여유조차 없었다. 오르막길에는 페달을 밟는 일에 집중했고 내리막길에는 이마에 송골송골 맺힌 땀을 바람에 날려 보내는 기쁨을 만끽했다. 앞으로 돈은 어떻게 벌어야 하지, 다음 들어갈 회사에서는 어떤 일을 해야 하지, 나름 프리랜서를 선언했는데 일이 들어오지 않으면 어쩌지, 계약한 책이 잘 팔리지 않아 다음 책을 영영 내지 못하면 어쩌지, 같은 나를 옥죄는 물음표가 떠오르지 않았다. 이토록 잠잠한 머리는 오랜만이었다.

자전거를 탔다고 고민이 완벽히 해결되지는 않았지만 미래나 과거에 종일 매여 있으면 대체로 명확한 답이 나오지 않을 경우가 많으니 이럴 때는 오히려 잠시 걱정을 잊는 편이 낫다는 걸 알았다. 부지런히 움직인 덕분에 조금이라도 더 건강해진 몸으로 튼튼한 생각을 할 수 있다는 뿌듯함도 기억했다. 횡단보도 앞에서 초록불을 기다리며 잠깐 뒤를 돌아보았다. 그제야 알았다. 자전거를 탄 이후 한 번도 뒤를 돌아보지 않았음을. 한 달 전 무심코 꺼낸 그 말은 잠시 넣어두었어야 했다고, 무례한 상황에 놓였을 때 울음을 참느라 반박하지 못한 과거의 내가 밉다고 과거를 돌아보며 자책하고 아쉬워하던 내 모습이 없었다. 물론 지난 시간을 헤집으며 돌아다니는 일과 육체적으로 단순하게 머리를 돌려 돌아보는 일은 다르지만 왠지 이런 사소함마저 기뻤다. 나는 뒤를 돌아보지 않았어. 주변을 신경 쓰고 앞만 보았어. 내리막에 즐거워하고 오르막에 충실했어.

밀려오는 고민과 불안에 도망치다 맞닥뜨린 라이딩이라는 세계를 어떤 이름으로 반기면 좋을까. 어디서든 이름 붙이는 걸 취미로 삼으니 자전거를 타는 시간도 소홀히 넘기지 않고 명명하고 싶었다. 그건 이번 산문 꼭지의 제목과 연결된 일이기도 했다. 나도 모르게 현재에 기꺼이 충실해지는 방법? 뒤를 돌아보지 않고 앞으로 나아가는 일?

긴소매로 뒷목에 흐르는 땀을 톡톡 닦았다. 반팔을 입고 나간 어제였다면 긴소매를 활용하지는 못했을 텐데. 그제야 성큼 다가온 가을에 맞춰 후드티를 꺼내 입은 아침의 결정이 떠올랐다. 영화처럼 자전거를 타고 달린 모든 계절의 장면이 지나갔다. 휘날리는 벚꽃을 맞으며 달린 강 근처의 길과 첫 출근날 연달아 버스를 놓친 내가 정장을 갖춰 입고 회사까지 무작정 페달을 밟던 여름, 기다란 소매로 땀을 닦는 시월의 초입과 한바탕 싸운 아빠가 화해의 손길로 내민 직접 고친 자전거까지. 아빠를 닮아 낯간지러운 말은 못하겠고, 그렇다고 이 추운 날 밖에서 자전거를 고쳤을 노고를 생각하면 타야겠고. 할 수 없이 두툼한 장갑을 끼고 동네 한 바퀴를 빙빙 돈 한겨울의 열일곱. 자전거를 배운 순간부터 지금까지 자전거는 언제나 계절 옆에 있었다. 다가오거나 찾아온 걱정에 매여 있느라 좋은 추억을 외면했을 뿐. 프리랜서건 직장인이건, 저마다 각각의 다채로운 고민이 있을 테니 어느 걱정에 묶여 있지 말고 정류소에 묶인 자전거나 꺼내야겠다. 새로운 계절이 도착했음을 축하하는 기념으로, 오늘 밤에는 널찍한 공원을 달려야지. 여전히 진행 중인 오늘의 계절 바람을 잔뜩 느끼며. 이름하여, 계절 맞이 라이딩!

방구석
플리 여행

　　　　　글렀다. 자그마치 여덟 시간 동안 모
니터 앞에 앉아 있었지만 한 문장도 완성하지 못했다. 깜빡
거리는 커서를 노려보다 노트북을 닫았다. 한숨이 새어 나
왔다. 언제부터 이토록 집중력이 흩어졌는지 헤아려봤더니
희미하게 짐작 가는 구석이 있었다. 손가락을 내리면 끊임
없이 튀어나오는 짧은 영상이 유행하기 전에는 어떤 일이
든 예열 작업 없이 금세 파고들 수 있었던 것 같다. 적어도
지금처럼 할 일을 두고 헤매느라 시간을 흘려보내지는 않
았다. 소설을 쓰기 전, 머리를 말랑하게 만들겠다며 켠 스마

트폰으로 아이돌 그룹의 신곡 챌린지 영상을 구경하는 나의 모습은 없었다.

　요즘 나는 영상을 꼬박꼬박 챙겨 보느라 정작 보내야 할 답장은 미룬다. 바라는 직무의 채용 공고를 찾아놓고서는 자기소개서란을 열기 전에 반사적으로 영상을 튼다. 절로 움직인 손가락을 따라 끊임없이 짧고 강한 도파민으로 나를 이끈다. 자그마한 화면에 오밀조밀 모인 사막여우와 미어캣을 흐뭇하게 바라보다가, 순간 이동한 시각을 확인하고 황급하게 끈 적이 한두 번이 아니다. 오늘도 마찬가지. 스마트폰을 하는 바람에 써야 할 산문의 주제만 간신히 정하고 막상 한 문장도 쓰지 못했다. 오늘이 마감이라는 사실을 부인하며 생각했다. 종일 짤막한 영상만 소비하며 지내면 안 될까? 열흘 뒤 내야 할 월세만 없었더라면 정말 그랬을지 모르겠다.

　"영화 볼래?"라는 데이트 초대에 고개를 저은 이유는 상대가 마음에 들지 않아서가 아니었다. 한 시간이 훌쩍 넘는 기다란 호흡의 영상을 끈질기게 볼 집중력이 없어서였다. 게다가 영화는 수많은 배우의 역할과 이름도 기억해야 한다. 주인공이 회상을 하거나 시간 흐름이 과거로 돌아서기 시작하면 머리가 아파온다. 이해해야 할 정보가 늘어나고 지루한 장면이 등장하면 동행자가 있다는 사실도 까맣게 잊은 채 상영관을 나설까 고민한다. 늘 이랬던 건 아니다. 대학을 다니던 스물 무렵에는 하루에 영화 세 편을 연달아 봤다. 일주일에 하루는 수업 없는 날을 만들어 자체 문화의 날로 정하기도 했다. 리뷰를 쓰는 조건으로 연극과 영화를 줄줄이 본 것도 잊히지 않는다. 취향과 어긋난 극이더라도 집중력이 따라주니 결말까지 이어볼 수 있었다.

지금은 영화 한 편을 볼 때마저 정지 버튼을 누른다. 본격적으로 집중하기 전에 필요한 예열 작업이랍시고 짧은 영상을 연달아 넘긴다. 보고 싶은 영상을 찾아보는 건 괜찮은데, 내 경우는 언제나 알고리즘이 추천하는 방향으로 넘어간다. 굳이 정지 버튼을 누르지 않으면 계속 돌아가는 영상을 틀어놓고 틈틈이 추천 댓글을 확인한다. 덕분에 요즘 트렌드는 거의 알게 되었지만 정작 내 일과 생활은 신경 쓰지 못하는 사람이 되었다. 진득하게 파고드는 힘이 줄어드니 엉덩이를 붙이는 시간도 짧아졌다.

다달이 과제를 내야 하는 방식처럼 촉박한 마감 일정이라도 생기면 나아질까 싶어 한 수업에 등록했다. 좋아하는 시인이 퇴고를 중점으로 합평해주는 귀한 강의였다. 설레는 마음으로 들어선 첫 시간에 이런 말을 들었다. "우리에게는 퇴고라는 무기가 있어요. 한 번의 무대에 선다고 끝나는 게 아니라, 마음에 들 때까지 계속 고쳐 쓸 수 있어요." 하루치의 일기를 쓰기도, 업무 하나를 하기도, 메일 하나를 보내기도, 책 한 권을 읽기도 벅찬 나다. 그런 내가 과연 쓴 글을 지우고 또다시 고칠 만큼의 집중력을 기를 수 있을까. 가능성을 헤아리자 막막해졌다. 집중력이 낮은 탓에 같은 시간을 들여도 낮은 효율을 보이는 스스로가 못 견디게 미웠다.

＊ ＊ ＊　　　　　　　　　　**때에 맞춰 고른**
　　　　　　　　　　　　　플레이리스트를 듣는 일

까마득하게 어린 시절부터 음악을 달고 살았다. 오죽하면 초등학생 때 반에서의 역할이 음악 부장이었다. 반장도, 부

반장도, 청소 부장이나 정보 부장도 아닌 음악 부장은 적재적소에 음악을 트는 내게 아이들이 지어준 별명이었다. 별것은 없었다. 그저 제때 음악을 틀면 되는 거였다. 체험 학습으로 한라산 등산을 할 때는 발을 신나게 움직일 수 있는 음악을, 윗세오름까지의 고된 등산을 마치고 학교로 돌아가는 버스 안에서는 나른한 음악을, 색종이를 접거나 집중해야 할 때는 어느 정도 경쾌하면서 잔잔한 음악을 골랐다.

공부를 시작한 고등학생 때부터는 야간자율학습 시간에 귀에 이어폰을 꽂고 문제집을 풀었다. 늦은 밤에 탄 버스 안에서는 주로 아이돌 그룹의 숨겨진 수록곡이나 아무도 모를 것 같은 인디 싱어송라이터의 노래를 들었다. 가사에 집중한 나머지 창가에서 소매로 눈물을 톡톡 닦던 기억이 지워지지 않는다.

절절하게 타오른 음악을 향한 열정은 스물의 봄에 사그라들었다. 친한 친구들이 모두 합격한 대학교 밴드 동아리에서 나 혼자 야심 차게 떨어지고 만 거다. 대구에서 온 친구는 베이스를, 부산에서 온 친구는 보컬을 맡았는데, 나는 어떤 악기를 담당하기는커녕 탈락하고 말았다. 커다란 실수를 하지 않거나 많이 틀리지만 않으면 붙는다고 보장된 밴드 동아리인데, 괜히 자랑하겠다고 내 실력보다 훨씬 어려운 곡을 골랐다가 첫 마디만 더듬거리며 네 번을 치고 떨어졌다.

함께 등교하고, 같은 수업을 듣고, 비슷한 과제를 하며 골치 아파하는 친구들이 하교할 때가 되면 약속이라도 한 듯 동아리방으로 들어갔다. 나는 친구들을 배웅하고 좁은 고시원으로 들어가야 했다. 따라 음악을 하는 것도 싫어지고, 급기야 듣는 것조차 싫어졌다. 친구들이 밴드 동아리에서 다른 학과 친구들을 만나거나 선배를 만나며 지평을 넓히는 동안에 나는 기침 소리조차 내기 껄끄러운 도서관에서 친구들의 연습이 끝나길 기다렸다. 이후 축제는 물론이고 콘서트도 가지 않았건만, 이어폰도 안 끼고 집에서도 노래를 듣지 않았건만 다시금 음악을 듣기 시작했다. 밴드에 떨어진 그날로부터 꼬박 일 년 뒤였다. 고시원에서 원룸으로 이사하고 처음으로 스피커를 선물 받은 덕분이었다.

오만 원도 되지 않는 투박한 스피커였지만 음질에 감탄하며 자기 전까지 여러 음악을 들었다. 정확히 말하면 누군가가 엮은 플레이리스트였다. 초등학생이던 내가 적재적소에 맞는 음악을 틀었듯 음악을 삶 곳곳에 담은 이름 모를 이들이 직접 고른 플레이리스트를 틀면 외로움이 덜해졌다. 특히 노동요라는 제목으로 빚어진 플레이리스트의 곡은 신기할 만큼 집중이 잘됐다. 주로 아이돌의 음악을 빠르게 배속해 편집한 곡들이었다. 마지막 곡이 끝나기 전까지 일 하나를 해치우고 말겠다며 다짐한 날도, '출근하기 싫을 때 듣는 플레이리스트'를 들으며 현관을 나선 월요일 아침의 어느 날도 있었다.

집중력이 낮아 아무 일도 하지 못하는 나를 위로하기 위해 고심하며 플레이리스트를 골랐다. 제목부터 눈에 띈다. '이 플리는 두 시간짜리다. 뭐든 두 시간 동안 할 수 있지?' 같은 느낌이다. 제목을 가만 바라보고 있노라면 참신한 작명 센스에 놀랄 때도 많다. 이별 후 문득 들이닥친 외로움에 당황한 네게, 산들바람이 부는 봄에 돗자리를 펴고 앉은 네게, 야간자율학습을 마치고 귀가하는 과거의 네게 같은 제목이었다. 상황을 알아맞히는 플리를 신기해하며 틀기도 했지만 도시에서 듣기 드문 파도 소리나 시골집에서 눈 감

고 듣던 귀뚜라미 우는 소리를 위안 삼아 불면증을 견딜 때
도 있었다.

　때에 맞춰 적절한 음악을 골랐던 때처럼 집중력이 낮아
질 때마다 플레이리스트를 튼다. 덕분에 자그마한 내 방은
헤르미온느가 공부하는 웅장한 호그와트 도서관이 되었다
가 무라카미 하루키의 작업실이 되기도 하고, 악뮤의 가을
콘서트장으로 변하기도 한다. 검색창에 적힌 흔적을 지워
야겠다. 집중력에 좋은 영양제 한 알도 괜찮지만 요즘 내게
필요한 요소는 무엇보다 나의 하루를 조금 더 낭만적으로
만들어주는 플레이리스트이므로.

애착 물건을
찾아라!

　　　　　　　한창 우울할 때는 기분부터 엉망이었
지만, 집도 문제였다. 특히 문밖이 그랬다. 무얼 시켰는지조
차 잊어버린 주인에게 온 택배들이 문밖에 차곡차곡 쌓여
있었고, 차마 밖에 그대로 방치할 수 없어 가까스로 현관 안
으로 들인 택배 더미 때문에 신발을 제대로 벗을 수도 없었
다. 택배를 집에 들였다고 바로 가위를 가져와 뜯는 일도 없
었다. 꼭 필요한 생활용품을 주문한 것도 아니어서 택배를
뜯지 않아도 하루는 잘만 이어졌다. 마땅한 일이 없으면 침
대에서 나올 생각을 하고 있지 않을뿐더러, 세상에 대한 호

기심은 스마트폰이 다 채워주어서 택배 뜯기를 미뤘다. 예전에는 운송장 조회를 하고, 내가 시킨 물건이 어디쯤 왔을까 궁금해하며 기사님께 문자를 드린 적도 있었는데, 지금은 그저 내가 언제 이런 택배를 시켰는지 몰라 고개를 갸웃했다. 우울을 상쇄하겠다고, 기쁠 때는 물건을 들여야 한다고 클릭해 도착한 택배 박스들이 집에 나뒹굴었다. 주문할 때는 이 물건만 있으면 하루가 윤택해지겠다고 자신했는데, 정작 물건을 시킨 때를 잊었으니 스스로가 한심했다.

채 뜯지 않은 택배를 한구석에 던져놓고 온라인 매장만 한참을 들락거리는 나를 발견하자 이래서는 안 되겠다는 생각이 들었다. 한숨을 크게 내쉬고 과거의 나만은 질책하지 말자는 약속을 한 뒤에 택배를 뜯었다. 지퍼가 잠기지 않는 바지 한 벌과 꽉 끼는 니트 한 벌에서 한 번 좌절했고, 분명 온라인에서 봤을 때는 영롱했는데 막상 실물로 보니 조악한 손목시계 끈에서 두 번 좌절했다. 이외에도 당장은 필요 없지만 할인한다고 쟁인 커피 캡슐 박스나 다시는 이런 가격이 나오지 않을 거라는 문구에 혹해 산 염색약이 있었다. 막상 염색은 미용실에서 하면서, 왜 염색약을 이렇게 많이 샀는지 아득해졌다.

지금이라도 돌려보내면 되지 않겠냐고 생각했지만 몇 개는 반품할 수 있는 날짜인 일주일에 닿거나 흘러 있었다. 옷은 살을 빼고 입으면 되고, 커피 캡슐은 나중에라도 쓰면 되는데, 손목시계 끈부터 마음에 들지 않는 향의 디퓨저가 걸렸다. 돌아다니는 게 번거롭더라도 직접 대보고 맡으며 사는 게 훨씬 좋았을 텐데 왜 카피 몇 줄만 보고 덜컥 샀는지, 쓴 시간은 얼마 되지 않아 아깝지 않았지만 돈이 아까웠다. 게다가 내 마음에 안 드는 물건을 친구에게 선물하기도 찜찜했다. 새해 다짐으로 미니멀리스트가 되자고 했던 것 같은데 어느새 다짐을 까맣게 잊고 스트레스 해소용으로 택배를 시키는 사람이 되어 있었다. 일정 금액 이상을 사면 배송비를 없애준다는 얘기에 필요하지도 않은 영양제를 몇 개씩 덧붙여 주문했다.

이러다가는 물건에 파묻힐 것 같다는 위험 경고가 울릴 때쯤 중고 거래 앱에 글을 올렸다. 미개봉 물건 팝니다. 미개봉이더라도 엄연히 중고이니 값은 싸게 쳐야 했다. 팔리지 않는 물건들도 많았다. 블루투스 스피커 같은 것들은 이미 많이 가지고 있기 때문에 정말 좋은 게 아니면 관심도 보이지 않았다. 누구에게도, 심지어 물건을 산 주인에게도 사랑받지 못하는 물건을 볼 때마다 미안했다. 친구들이 이번 주에 가장 잘 산 아이템을 소개할 때면 나는 집 안에 틀어박혀 나오지 않는 칙칙한 코트나 바닥에 한 번 깔려보지도 못한 주름진 러그를 떠올렸다.

물건을 잘못 사거나 많이 사면 두 가지의 감정이 따라온다는 사실을 익혔다. 마음에 들지 않는 코트를 사도 어쨌든 코트를 산 것이기 때문에 정작 마음에 드는 코트를 길거리에서 발견했을 때 사기 껄끄럽다. 이미 올겨울을 든든히 버틸 코트를 장만해두었기 때문이다. 반대로 많이 사면, 예를 들어 커피 캡슐이 집에 쌓여 있다면 카페에 가서 아메리카노를 시킬 때 주저하게 된다. 집에 커피 캡슐이 쌓여 있어서다. 이러지도 저러지도 못하게 만드는 택배가 때로는 미웠고, 쌓인 눈초리는 그 택배를 마구잡이로 시킨 내게로 돌아왔다.

✦ ✦ ✦   사고 싶은 물건을 저장하고

직접 사는 일

깜찍한 피겨를 책상 근처에 두고 싶은데 그 피겨가 지금 당장 필요하지는 않을 때, 나는 그 피겨 사진을 캡처해두고 '소품숍'이라는 사진 폴더에 넣는다. 장바구니에 넣어둔 것처럼 저장해둔 소품이 한둘씩 들어서고 일주일 뒤 다시 그 물건을 봤을 때도 마음이 동하면 구매하는 쪽으로 습관을 바꿨다. 저렴한 물건을 많이 들이는 게 싸게 먹히는 게 아니라, 다소 값이 나가는 물건이어도 오래 쓰는 편이 더욱 좋다는 이야기를 곱씹는다. 키보드나 의자와 같이 직업을 지속하는 데 필요한 물건 하나를 들이는 일에는 시간을 많이 쓴다. 이름도 붙였다. '애착 물건을 찾아라!'다. 빨간 줄무늬 모자와 옷을 입은 사람을 찾는《월리를 찾아라!》에서 본떴다. 북적북적한 사람들 사이에서 안경을 쓴 채 웃고 있는 월리를 찾으면 절로 기뻐지는 것처럼, 시간과 정성을 들여 내게 꼭 맞는 애착 물건을 찾았을 때의 즐거움을 만끽하고 싶어 만들었다.

오프라인 매장에 방문하거나 기간에 맞춰 이벤트성으로 여는 팝업숍도 꼬박꼬박 참여한다. 룸스프레이를 파는 상점이라면 직접 온갖 향을 다 맡아보고, 코듀로이 스트랩처럼 촉감이 중요한 재질이 있다면 허락을 구해 쓱쓱 만져보기도 한다. 오프라인 쇼핑은 낡았고, 온라인 매장은 값싸며 트렌디하다는 편견을 지운다. 사과마저 배송 기사의 손을 거쳐 내게 오게 할 만큼 온라인을 애용하던 나였다. 터치 하나로 게임기가 삼십 분 만에 집에 도착하고, 밤늦게 시킨 휴지가 바로 다음 날 새벽에 도착하는 걸 보며 신기해했다. 그런 내가 손편지를 주고받고 수화기를 들어 친구의 집전화로 통화를 걸던 아날로그 때로 돌아가기를 꿈꾼다.

의자는 직접 앉아봐야 하고, 마우스는 직접 쥐어봐야 한다는 걸 그간 잊었다. 남들이 좋으면 내게도 좋겠거니 싶은 마음으로 온라인 쇼핑에서 시킨 물건들이 마음에 드는 경우는 거의 없었다. 오히려 인기를 끄는 제품보다 인기 없는 제품을 훨씬 잘 쓰게 되는 경우도 있으니 취향을 기르는 게 중요했다. 요리를 많이 맛봐야 요리에 대한 취향이 깃드는 것처럼, 물건을 많이 보고 많이 써봐야 물건에 대한 취향이 생긴다는 지점을 간과했다. 그렇게 시작된 애착 물건 찾기 프로젝트는 사실 한 달밖에 안 해봤지만 이쯤 되면 성공했다고 말할 수 있을 것 같다. 자꾸 눈여겨보게 되는 작은 조명과 집에 들어올 때마다 왜 진작에 사지 않았지, 하며 기분 좋은 한숨을 쉬게 하는 패브릭 커튼을 찾았다.

노랗고 아담한 버섯 모양의 조명은 사진 폴더에 담아도 꾸준히 눈에 밟히는 소품이라 실험 삼아 사봤는데 모래시계처럼 한 시간마다 꺼지는 게 매력적이다. 삼십 분만 몰입하겠다며 모래시계를 돌리듯, 한 시간만 집중하겠다며 조명을 툭 치면 절로 불이 켜지면서 정확히 한 시간이 흐를 즈음 자동으로 꺼진다. 오프라인 매장을 구경하다 찾은 짙은 초록색 체크 커튼은 벽만 있다면 어디든 붙일 수 있는 압축봉과 함께 샀다. 창문에 붙이지 않고 현관을 통과해 집으로 들어서는 곳에 중문처럼 만들어 걸어두었더니 집이 훨씬 아늑해졌다.

돈을 내고 산 물건이라도 괜한 돈을 썼다는 자책 없이 산뜻하게 물건을 바라볼 수 있다는 게 당연하지 않다는 걸 알아서 더욱 흐뭇했다. 도토리를 파는 작은 카페에 들렀을 때 들인, 어머니가 직접 꿰매 만든 곰돌이 모양의 티코스터도 쓸 때마다 마음 한편이 간질간질해진다. 연말 정산을 했을 때 올해 잘 산 물건에 뭐라고 답해야 할지 망설이던 나는 이제 없다. 중고로 내놓아도 팔리지 않고, 내게도 사랑받지 않는 물건을 들이지 않는 것만으로 이리 기분이 훈훈해질 수 있는 건지 몰랐다.

찬찬히 물건을 고르고 가장 원하는 것들만 데려오는 습관은 책을 살 때도 반영했다. 가장 애정이 가는 서점의 특징은 책방지기의 취향이 고스란히 묻은 곳이다. 책방지기가 꼼꼼하게 읽고 직접 큐레이션해 책 위에 손글씨가 적힌 포스트잇을 덧붙인 서점에 들러 책을 훑는다. 주로 온라인 서점에서 볼 수 없는 본문의 중간 내용을 슬쩍 살피고, 책 뒷면에 적힌 유명한 작가의 유려한 추천사가 아닌 서툴지만 진심이 꾹꾹 적힌 책방지기의 손글씨에 마음을 사뿐하게 얹는다.

처음부터 책방을 애용한 건 아니었다. 플래티넘 등급을 받을 만큼 온라인 서점을 들락거리던 나였다. 온라인은 저렴할 뿐 아니라, 찾기 어려운 책도 몇 초 안으로 주문해 아침에 받을 수 있었다. 지역 책방은 달랐다. 책방지기의 선택에 따라 선정된 책들이 한정된 책장에 들어와 있으므로 내가 찾는 책이 여기 있는지부터 물어야 했다.

사실 내가 동네 서점의 매력에 빠진 건 서울 합정 근처 서점에서의 일화 덕분이다. 대학생이던 나는 자못 골머리를 앓는 중이었는데, 하루 안에 낯선 누군가를 취재해 기사로 담아내는 과제가 생겨서였다. 활달한 아이들은 과제를 듣자마자 재빨리 가방을 싸 밖으로 나갔고, 대뜸 누군가에게 말을 걸 용기가 없던 나는 지레 포기한 채 길을 걷다가 시간을 채울 겸 우연히 어느 서점으로 들어섰다. 그곳이 땡스북스였다.

평일 오후라 조금 한산한 책방에는 사장님과 나뿐이었고, 몇 권의 책을 둘러보다 이 분위기라면 인터뷰를 요청해볼 수 있지 않을까 싶어 큰마음을 먹고 카운터로 다가섰다. 사전에 적어둔 인터뷰지도 없고 소개할 매체라고는 교수님만 볼 수 있는 폐쇄된 수업 과제였는데도 바쁜 사장님은 어리숙한 내 부탁을 흔쾌히 받아들였다. 떨려서 어떤 질문을 했는지 기억나지 않지만, 인터뷰를 마치고 응해주셔서 감사하다는 마음으로 눈여겨본 책 두 권을 사고 나왔을 때의 설레는 감정만은 생생하게 기억한다. 온통 책으로 가득 찬 공간에서의 기분이 굉장히 풍요롭게 느껴진다는 것도, 접점이 닿지 않던 책을 비중 있게 살피는 덕에 세계를 넓힐 수 있다는 점도 내부를 살피며 알았다.

이제는 어느 장소를 가든 들르고 싶은 서점이 있는지부터 찾는다. 지난여름에는 제주도 한경면에 있는 '책방 소리소문'을 다녀왔다. 차가 없어 세 시간 가까이 버스를 타고 다다른 서점은 그야말로 아름답다는 소리가 절로 나왔다. 섬세하고 다채로운 큐레이션과 귀퉁이에 앉아 책에 빠져든 사람들이 풍기는 분위기에 압도되어 몇 시간 내리 그곳에만 머물렀다. 이런 책이 있는지, 이런 작가가 있는지 몰라 온라인에서는 그냥 지나쳐버렸을 내 취향에 맞는 책들이 한가득 꽂혀 있었다.

헛헛함을 채우려 아무것이나 많이 사던 습관을 벗어난 지 어느새 일 년이라는 시간이 흘렀다. 다양한 물건이 옹기종기 모인 온라인 시장만큼이나 오프라인 시장도 충분히 매력적이라는 걸, 때로는 면밀하게 고심하며 하나의 물건을 들일 때의 기쁨이 더욱 크다는 걸 절로 익혔다. 앞으로도 이런 지혜를 쌓아나가겠지. 무언가를 알아가는 행위가 번거로움이 아닌 기대감으로 다가온다. 다음은 어떤 지혜를 쌓게 될까. 나를 사랑하는 방법은 또 어떻게 확장될까.

악재에
대처하는
방식

기대가 크면 실망도 크다는 말을 좋
아하지 않는다. 한순간이라도 잘 되리라는 마음 없이 지내
야 하는 건가 싶은 불만이 울컥 올라와서다. 확정된 계약서
가 없음에도 불구하고 한 아름 기대를 안은 건 그 때문이었
다. 소설 장편 계약이 성사하고, 면접을 오라던 회사에 곧
입사하고, 늦둥이 막내의 대학 면접이 잘 붙었으면 하는 소
망으로 부산까지 따라갔으니 곧 좋은 소식이 올 거라고 생
각했다. 생각에 그치지 않고 단언까지 했다. 말미에 '몰라요'
를 붙이기는 했지만, 거의 다 이루어진 것처럼 이야기하고

다녔다. 어쩌면 소설 단행본을 쓸지 몰라요. 곧 취업을 할 것 같아요. 막내는 최초 지원 한 번에 붙을지 몰라. 떠들고 보니 어느덧 이미 이루어진 사실을 기다리기만 하면 되는 경지까지 다다른 느낌이 들었다.

새로 산 가글로 입을 몇 번 헹구고 담당 편집자를 만났다. 간략한 기획안과 프롤로그만 가져간 소설에 대해 한 시간 동안이나 심도 높은 평이 쏟아졌지만, 계약을 하겠다는 말은 좀처럼 나오지 않았다. 결말이 담긴 원고 전편을 써 오면 계약할 수도 있을 거라는 희미한 언어가 제대로 소화되지 못해 애꿎은 침만 꼴깍 삼켰다. 애초에 단편 하나만 보고 장편으로 계약하는 경우가 없다는 걸 알면서, 나만은 특별하다고 믿었던 것 같다. 지난번, 생기 있는 화분을 새로 들여야겠다며 쓴 설렘이 와르르 무너지는 순간이었다.

미팅을 끝내고 지하철에 몸을 넣는데 문자 하나가 왔다. 내부 사정으로 채용 일정이 종료되어 면접이 취소되었습니다. 문자를 확인할 때는 오후 네 시였다. 우연하게 막내의 대입 합격이 판가름 날 시각이었다. 애써 기분을 가다듬고 입학처 홈페이지에 들어가 합격자 발표를 눌렀다. 예비 번

호로 21번이 떴다. 합격자를 빼고도 앞줄에 스무 명이 기다린다는 뜻이었다. 이쯤 되니 스스로에게 궁금한 게 많았다. 아직 이루어지지 않은 것에 대해 확언한 이유를 묻고 싶었고, 잠시라도 가만히 있지 않고 사람들에게 왜 자랑했는지 따지고 싶었다. 엄마에게 전화를 거니 이미 결과를 확인한 막내는 상심이 컸는지 문을 걸어 잠근 채 아무 말 없이 게임만 하는 중이라고 했다. 내가 부산까지 따라가 요란을 피우는 탓에 떨어진 걸까 싶은 물음표가 고개를 내밀었다.

집 근처 지하철역에 도착했는데 빗방울이 쏟아지고 있었다. 빗줄기가 거세다며 나가지 못한 사람들이 옹기종기 출구 근처에 모여 있었다. 나는 무릎을 몇 번 털고 사람들 사이를 가로질러 빗속으로 들어갔다. 집에 와서는 채 마르지 않은 수건으로 머리를 닦았다. 밖에서 묻은 빗방울이 바닥에 떨어졌다. 출판사 미팅과 회사 면접을 위해 새로 산 니트가 흠뻑 젖어 실밥이 튀어 올랐다. 손에 잡히는 잠옷으로 갈아입고 침대에 누웠더니 오늘 벌어진 일들이 전부 꿈처럼 흐릿했다. 초점이 잡히지 않는 난시 렌즈 때문인지도 몰랐다. 나는 세 명으로 보이는 편집자 앞에서 눈을 끔뻑거리며 잘 계시라고 이야기했고, 어떻게 역까지 갔는지 모르게 지하철에 몸을 욱여넣다가 면접 취소 메시지를 받았다. 어느 게 꿈이고 어느 게 현실인지 애써 분간하는데 엄마에게서 내일 면접 잘 보라는 응원이 왔다.

엄마의 말마따나 기대를 하지 않았다면 이렇게 실망에 휘청거리며 좌절하지는 않았을 것 같아 기대를 한 나를 미워하기 시작하니 끝이 없었다. 우선 급하게 번복하는 글을 올려야 했다. 소셜 미디어 계정에 소설책을 내는 건 잘 안될 것 같다고, 기다려주셔서 감사하다는 상투적인 문구를 적었다. 거짓말쟁이나 양치기 소년이 된 기분이라는 문구를 한참 넣고 빼다가 결국 넣어 올렸다. 상황에는 변수가 많으니 거짓말쟁이는 아니라는 댓글이 다행히 와닿았다.

체감되는 시각은 늦은 밤이나 이른 새벽 같은데, 아직 저녁 먹을 때조차 되지 않아 남은 시간을 어떻게 보내야 할지 막막했다. 불과 오 년 전이라면 이런 상황에 필요한 건 스트레스 해소용으로 흘리는 눈물이라며 아련한 클래식을 틀고 베개를 적셨을 텐데, 기분이 너무 들뜨거나 가라앉지 않게 막는 기분조절제를 복용하면서부터 어떤 상황에도 눈물이 쉽게 나오지 않았다.

눈물을 흘리지 못한다면 차라리 수면제를 먹고 일찍 잠드는 게 나았다. 취침 한 시간 전에 먹어야 하는 수면제를 쥐었다가 책상에 그대로 내려놓기를 반복했다. 이제야 해가 지고 있는데, 지금 수면제를 삼킨다면 아침이 아닌 이른 새벽에 깰 게 분명하다. 맵고 짠 배달 음식으로 폭식을 하면 속만큼은 따뜻하게 채워질 것 같아 앱을 켰다 껐다. 맵고 짠 음식이든, 간이 잘 되지 않은 심심한 음식이든, 무엇이든 먹어야 했다. 돌이켜보니 긴장 탓에 오늘 아무것도 먹지 않았다는 걸 기억해냈다.

＊ ＊ ＊　　　　　　　스스로에게 음식을 대접하는 일

가끔은 정리되지 않은 마음을 냉장고로 표현한다. 먹다 남은 음식이 가득해서 어디서부터 손을 대야 할지 모르겠을 냉장고를 보는 심정과 잔뜩 흐트러져서 어디서부터 정리해야 할지 도무지 모르겠을 마음이 비슷한 면면을 띠어서다.

오늘은 기대치 않은 결과에 나를 질책하는 마음이 잇따라 펼쳐지니 냉장고를 청소해야 했다. 냉장고 정리에 가장 좋은 음식은 볶음밥인데, 밥과 기름과 여러 재료만 있으면 금세 어떤 볶음밥이든 완성할 수 있다.

프라이팬을 달구고 기름을 둘렀다. 찬장에 고추참치캔이 있어서 이번 요리는 고추참치 볶음밥으로 정했다. 닭갈비를 하다가 남긴 양배추와 유통기한에 가까워지는 달걀 두 개를 꺼냈다. 저번에 파스타를 하다가 남은 양파가 비닐에 돌돌 감겨 있어 비닐을 벗기고 두툼한 양파를 가늘게 썰었다. 볶음밥 한 그릇을 만들기 위해서 냉장고의 재료가 조금씩 전부 쓰였다. 약간은 더 널찍해진 냉장고를 보니 마음 한구석도 조금은 정리된 모양을 띠었다.

냉장고 틈을 차지하던 온갖 야채를 한데 넣어 달그락달그락 볶기 시작하니 구수한 향이 퍼졌다. 아차, 고추참치. 어쩐지 알싸한 향이 나지 않았다. 간편하게 먹기 좋도록 만들어진 참치캔을 따서 프라이팬에 얹으니 기분 좋은 매콤한 향이 났다. 원래의 나라면 무슨 요리야, 귀찮고 슬프고 힘든데 배달 음식이나 시키고 말지, 하며 이불을 머리끝까지 올려 덮었을 텐데 오늘의 나는 이상하게 나를 지키는 전사가 된 기분으로 손목의 힘을 살려 프라이팬을 돌렸다. 내가 너무 싫어도, 나는 나도 모르게 나를 위해 좋은 습관을 길들이고 있다는, 내가 직접 한 말에 기대어 움직인 덕분이었다. 스마트폰을 끄고 동굴 입구에서 노크를 하는 대신 냉장고 파먹기라는 명목으로 요리를 한 덕분에 적어도 배달 기사가 우리 집에 오기 위해서 비를 맞는 일은 없을 거라는 생각을 하자 조금 더 괜찮아진 사람이 된 것 같았다.

청승맞게 울며 숟가락을 드는 대신 가벼운 예능을 틀고 숟가락을 들었더니 금세 그릇이 비워졌다. 산뜻한 기분을 바통으로 이어받아 설거지까지 꼼꼼하고 빠르게 하는 것이 오늘의 목표다. 예능에서 들리는 유머에 히죽거리며 따뜻한 물을 받아 그릇을 닦았더니 한결 뜨거워진 손의 온기를 몸으로 데려가고 싶어졌다. 혼자 일상 이어달리기를 하는 상상을 하면서 이번에는 다 마른 수건을 들고 따뜻한 물로 몸을 데웠다. 잘 개어진 잠옷을 입고 나오자 아직 빠지지 않은 알싸한 볶음밥 냄새가 났다.

오늘이야말로 재미 삼아 본 운세에 집 밖으로 나가지 말

라는 경고 문구가 뜨는 날이 아닐까 생각하며 쓸쓸한 웃음
을 지었다. 줄기차게 비가 쏟아지는 날에 집에서 한가로이
예능을 틀고 볶음밥을 먹으면 참 좋았을 텐데 싶었지만 지
금도 늦지 않았다. 아직 밤이 되기 일렀다. 지난 일을 복기
하는 대신 남은 시간을 잘 보내자고 다짐했다. 오늘 같은 날
에 할 수 있을, 앞으로 나를 지키는 요리를 하기 위해서 재
료를 조금 넉넉하게 사두어야겠다는 생각으로 장바구니 목
록을 적었다. 장을 보기 전에 아빠가 부탁한 재료를 연필로
또박또박 적듯 귀여운 메모장에 당근과 양파와 감자를 적
었다.

　다음으로 악재가 나를 덮쳤을 때 향을 킁킁 맡으며 빠져
나오게 만들어줄 요리는 보글보글 끓는 뜨거운 카레다. 내
가 좋아하는 카레는 향신료가 풍부한 카레니까 가장 향이
센 단단한 고체 카레를 준비해야겠다며 옆에 표정이 들어
간 네모난 카레를 그렸다. 언젠가 요리 실력이 지금보다 더
성장한다면, '나를 지키기 위해 쉽게 할 수 있는 혼밥 요리'
라는 제목으로 책을 내도 재밌겠다고 생각하자 어느새 자
책하는 마음은 안개처럼 스르륵 흩어졌다.

성실의
지표

　　찾아온 감기에 고열로 하루를 꼬박
앓듯 지난 주말은 내내 앓았다. 다만 감기와의 가장 커다란
차이점은 감기에 걸리지 않았다는 거였다. 콧물에서 세균
이라도 발견되면 세균을 탓할 텐데, 괴롭히는 주체가 나라
서 오로지 나만을 원망해야 했다. 나를 괴롭히는 원인은 친
구를 향한 열등감부터 세상을 향한 냉소까지 다양했으나
가장 큰 원인은 성실이었다.

　　지금껏 '사람이라면 일 인분의 몫을 해야 한다'는 말을
믿었다. 그래서인지 삼수를 해도 바라는 대학에 진학하지

못하거나 취업을 포기하고 집에 틀어박혀 타로로 자신의 운만 점치는 여동생을 보면 한숨부터 나왔다. 나는 학교 생활은 물론이고 각종 대외활동을 하며 자기소개를 쓰고 있는데, 동생은 아무 성과도 이루지 못하는 것 같았다. 매일 김밥을 마느라 바쁜 엄마를 대신해 잔소리를 주입했다. 동생은 아무 조언도 구하지 않았는데 내가 먼저 "우리 모두 쓸모 있는 사람이 되자"며 쓸데없는 소리로 주눅을 들게 했다. 우울증을 앓던 동생이 갑작스레 세상을 떠나고 나서야 그 아이를 괴롭히는 요인 중 하나였던 나의 말을 깊이 되짚었다. 다시는 타인에게 쓸모나 몫을 대입하지 않겠다고 굳게 다짐했다. 사별 후 얼마간은 내게도 쓸모를 넣지 않았는데, 시간이 흐르니 어느새 다시 성실과 쓸모라는 지표로 나를 조여내기 시작했다.

너는 성실하게 무언가를 하고 있니? 성실한 태도로 꾸준히 하는 게 있니? 그 꾸준함을 자본주의 사회에서 돈이라는 가치로 증명할 수 있니?

침대에 누운 채 마지막 질문에까지 다다르면 숨이 막혔다. 프리랜서에 관해 몇 가지 정보를 찾으면 적어도 한 달에

천만 원은 벌어야 떠오르는 프리랜서라고 설명하는 시대인 것 같았다. 누군가 장난 어린 어투로 내 업을 명확히 짚던 날이 떠올랐다. 지금 하고 있는 건 없고, 준비 중인 것은 많다고 즐겁게 얘기하는 내게 "백수네"라고 단언하던 얼굴 앞에서 내가 어떤 표정을 지었는지 잘 기억이 나지 않는다. 아마 당혹스러운 표정이지 않았을까 싶다. 겉으로는 아니라고 대답했지만 마음 안에 사는 나는 맞다고 환호했으므로.

식사하는 시간도 허투루 쓰면 안 될 것 같아 자기계발 영상을 켰다. 얼마 지나지 않아 즐겁게 뜬 밥을 어렵게 삼켜야 했다. 분명 국이 옆에 놓여 있는데 없어진 기분이었다.

"평생직장이라는 개념은 이미 사라졌어요. 취업을 한대도 공개 채용으로 사람을 뽑는 대신 능력 있는 사람들을 정기적으로 채용하는 제도가 인기를 끈 지 오래되었고요. 그러면 직업은 오래가나요? 아니요. 십 년 안으로 상상할 수 없을 만큼의 직업이 소멸될 겁니다. 굶지 않으려면 자신의 업을 스스로 정의해야 해요. 대체되지 않는 유일무이한 사람이 되어야……"

물론 전부 이렇게 말하지는 않았지만 내 귀에는 이렇게

들렸다. 다 망했어요. 그나마 망하는 속도를 줄이기 위해서는 똑똑하게 성실해야 해요. 어쩐지 똑똑하지도 않은 것 같고 성실하지도 않은 것 같은 내게 미래를 예상해본 이야기는 절망적으로 다가왔다. 친구에게 전문가의 말과 그 위에 슬며시 덧붙인 내 의견을 전하자 친구가 웃으며 "넌 너무 비약이 심해. 아직 아무런 일도 벌어지지 않았는걸?"이라고 답했다. 당장 친구의 어깨를 붙잡고 흔들며 정신 차리라고 외치고 싶은 마음이 커다랬다.

시간을 쪼개야 했다. 빚에 허덕이는 가족을 부양하기 위해서는 내가 먼저 성공하는 수밖에 없었다. 트렌드 서적을 손에 잡히는 대로 읽었다. 성공했다는 이들의 강연을 찾아다니고 인터뷰집을 읽었지만 이상하게 더욱 조급해졌다. 이것도 하고 저것도 해야 했다. 인간관계도 챙기면서 새로운 업무를 벌이는 게 성공의 요결인 것 같았다. 할 일이 많았다. 이 많은 일을 전부 처리하려면 적어도 몸이 세 개는 되어야 하는 데 하나뿐이니 잠을 줄여야 했다. 고등학생 때 하다가 이틀 만에 포기한 나폴레옹 수면법에 도전했다. 커피를 네 잔이나 마시며 각성 상태를 유지하려 애썼다. 밀려드는 잠에 항복할 때면 오늘도 성실함은 글렀구나 싶어 답답했다. 서너 개의 외국어를 통달하고 계절마다 책을 내고 연봉이 일억 원을 넘긴 직장인들과 나를 시시각각 비교하니 끝이 없었다. 가장 힘든 건 나를 바라보는 사람들의 시선이었다. 어떻게 그토록 성실하게 움직이느냐는 질문을 받으면 자연스레 우는 얼굴이 됐다. 한참 부족해 보이는 나도, 모르는 누군가에게는 선망의 대상이 된다는 게 기이했다. 도대체 성실의 끝은 어디인지 싶었다. 도착점이 사라진 마라톤을 그야말로 성실하게 달리는 기분이었다.

＊　✦　＊　　　　　　**열감과 촉감을 느끼며 명상하는 일**

시간을 쪼개고 스스로를 닦달하는 일에 익숙해지니 일주일에 한 번 가는 상담 시간이 아까웠다. 선생님과 나란히 앉아 가만히 마음을 살피는 대신 책 한 권을 읽는 게 더 나은 결정인 것 같은 확신이 들었다. 그 마음이 상담을 받기로 한 당일까지 사라지지 않자 오늘 상담을 포기할까 고민하다가, 상담 일정을 잡은 것도 선생님과의 약속이니 생각을 다 잡고 터덜터덜 걸었다. 다행히 십 분만 걸으면 도착하는 곳이었다. 한 주는 어땠냐는 기본적인 질문에 제대로 답하지 않고 빙빙 돌려 이야기했다.

"실은 오늘 상담을 취소하려고 했어요. 요즘 굉장히 할게 많다고 느껴지거든요. 그렇다고 무얼 제대로 하고 있는 건 아니고요. 이렇다 할 돈도 아직 벌지 못했지만, 앞으로 굶지 않으려면 할 게 많잖아요. 그래서 콘텐츠도 만들어야 하고 마케팅도 공부해야 해요."

선생님은 특유의 자상한 미소를 머금고 느리게 입을 뗐다. 웃긴 건 요즘 배속으로 영상을 보다 보니 선생님의 말씀도 빠르게 배속하고 싶어졌다는 거다. 빠르게 듣고 싶다는 욕망을 가까스로 잠재우는 와중에 선생님의 이야기가 시작됐다.

"말하는 속도나 굳은어깨를 보니, 확실히 한 달 전보다 많이 조급해 보여요. 긴장하거나 흥분되는 상황에 처하면 우리 몸의 교감신경계라는 녀석이 활성화가 돼요. 지금 요아 님은 가젤과 같은 상황에 놓여 있어요."

"가젤이요?"

"늑대가 바로 뒤를 쫓아와서 도망치는 가젤요. 하지만 우리는 지금 들판이 아니라 상담실에 있잖아요. 조금 전에는 심장이 두근거리는 게 불편하다고도 했고요. 지금 해야 할 건 마케팅 공부보다 명상이에요. 빠르게 뛰는 심장 박동을 안정적인 속도로 늦춰야 해요."

충분히 잘하고 있다는 말은 어쩐지 평범한 말로 여겨져 도움이 되지 않았지만, 교감신경계가 활성화되었으니 지금은 안정적으로 심장을 뛰게 만들어야 한다는 말에는 조금 기댈 수 있었다. 상담 선생님의 설득에 이끌려 결국 '마음 챙김 명상'을 하기로 했다. 한동안 별로 도움이 되지 않는 것 같아 멈추었던 명상이었다. 명상은 간단하지만 그리 간단하게 수행하기는 어려웠다. 호흡을 한다면 숨에만 집중해야 했고, 양치를 한다면 칫솔질에만 몰입해야 했다. 선생님은 찻잔으로 마음을 챙겨보자며 따뜻한 차가 담긴 컵을 쓰다듬자고 했다. 찻잔에서 뜨거운 김이 모락모락 피어올랐다.

평소의 나라면 곧이곧대로 받아들일 텐데, 이번에는 이

상하게 불쑥 올라오는 생각을 표현하고 싶은 욕망이 들었다. 어느새 내 입은 나조차도 막지 못하고 조잘조잘 떠드는 중이었다.

"선생님, 실은 마음 챙김 명상을 하면 시간이 아까워요. 그동안 다른 일을 충분히 많이 할 수 있는데, 가만히 앉아서 하나에만 집중하는 게 효율성이 떨어지는 것 같아요."

이 얘기를 들으면 충분히 당혹스러운 표정으로 나를 바라볼 법도 한데, 선생님은 그러지 않고 마음 안의 소리를 말해주어서 고맙다고 이야기함으로써 거푸 나를 당황하게 만들었다. 선생님은 인자하게 한 번만 본인을 믿고 도전해보는 게 어떻겠냐고 제안했다.

"아까도 말했지만 활성화된 교감신경계를 가라앉히는 게 가장 중요해요. 교감신경계는 가젤이 빠르게 도망칠 수 있게끔 생존하도록 만드는 중요한 역할을 하지만, 지금 우리는 도망치고 있지 않잖아요. 적과 싸우고 있지도 않고요. 활성화된 상태가 이어진다면 나중에는 더 불편해질 거예요. 속는 셈 치고 십 분만 해봐요."

'속는 셈'이라는 말까지 나왔으니 어쩔 수 없이 찻잔을 쓰다듬었다. 처음 받았을 때보다 식어 있었지만 여전히 찻잔은 따뜻했다. 찻잔을 조심스럽게 들어 올려 코끝으로 향을 맡았더니 상큼한 페퍼민트 향이 났다. 한 입 머금어 차의 온기를 입안에 전했다. 차를 오롯이 느끼는 시간을 만끽하자 어느새 십 분이 흘러 있었다. 매일 촉박하게 대하던 십 분을 느리게 감상하는 시간이었다. 어땠냐는 물음에 끝없는 뜀박질을 잠시 멈춘 느낌이라고 답했다. 그 의미가 무엇이냐고 묻지 않는 선생님 앞에서 나는 고요해졌다. 십 분이나 차를 만지고 머금고 마시기를 반복했지만 찻잔 속의 차는 반이나 남아 있었다. 한 번 더 명상을 할 수 있겠네요. 내가 웃자 선생님도 따라 웃었다. 뒤를 돌아보았다. 아무도 쫓아오지 않았다.

지나간
음계와
어떤
장면

           울창한 나무 사이를 빙빙 돌던 도중 피아노를 발견했다. 숲에 사는 피아노라니. 영화 속 장면에 들어온 것 같아 두근거렸다. 나란히 걷던 친구가 내게 한번 쳐보라는 눈빛을 보냈고, 반갑게 건반 위에 손을 올린 나는 이내 딱딱한 표정으로 피아노를 쳐다볼 수밖에 없었다. 한때 입시곡으로 몇백 번이나 연주했던 쇼팽의 어느 곡이 엉망으로 어긋나는 거다. 손은 딱딱하게 굳어져 건반 하나를 눌러야 할 걸, 두 개를 동시에 눌러 기묘한 소리가 났다. 전국 콩쿠르에서 상을 받고 예술고등학교 진학을 준비하던 과거가 전생처럼 느껴졌다. 십 년 전만 해도 음계 사이를 펄쩍 뛰던 말랑한 손이 지금은 왼손과 오른손을 잘 조정하지도 못할 만큼 딱딱해졌다는 사실을 인정하기 어려웠다. 최대한 당황스러운 표정을 숨기고 조율이 되지 않았다는 핑계로 더 이상 칠 수 없다며 어색한 상황을 무마했다.

피아노를 파는 백화점을 지나친 건 그로부터 시간이 훌쩍 지난 뒤였다. 우연하게 숲의 피아노를 발견한 그 친구와 함께 방문한 백화점에서 치고 싶은 피아노를 찾았다. 전자피아노였는데, 손가락으로 패드를 누르면 여러 대의 그랜드 피아노가 되는 고가의 악기였다. 새로 나온 피아노인 데다가 전자이기도 해서 조율 핑계는 댈 수 없다는 걸 알았지만 의자를 당겨 엉덩이를 붙이고 말았다. 이번에 칠 음악은 바흐의 한 곡이다. 머릿속으로 흐르는 음악과 다르게 귀로 들리는 음악은 역시 험상궂었다. 돌처럼 굳은 손이 여유롭고 부드러운 음악을 소화할 수는 없었다. 절망에 빠진 나는 느리게 몸을 일으켰고, 친구는 애써 모르는 척하며 피아노 소리가 청아하다는 말만 운운했다. 다음 날까지 상심에 빠진 나는 그랜드 피아노실을 두 시간 빌렸다. 서점에 들러 지

브리 악보까지 샀다. 두 시간이면 한 곡 정도야 완성할 거라고 확신했지만 그 확신은 십 분 만에 산산이 부서졌다. 손이 움직이지를 않았다. 겹겹이 쌓인 음표를 단번에 읽는 능력도 잃어버렸다.

뜬금없이 좌우명을 이야기하자면 '과거의 성취에 얽매이지 말자'다. 지금은 그 좌우명이 꺾이는 순간에 맞닥뜨린 게 분명했다. 언제나 특기를 피아노라고 적었다. 열 살 때는 전국 콩쿠르에서 상을 받았다는 자랑을, 중학생 때는 예술고등학교 입학을 준비했다는 자랑을 소중히 품고 피아노를 꽤 잘 치는 사람이라고 생각했다. 언제든 손을 갖다 대기만 하면 자동으로 곡이 튀어나오리라는 상상을 하며 지냈다. 주변에 피아노가 없어서 그렇지, 마음만 먹으면 수백 번 연습한 흑건으로만 치는 곡도 유려하게 완주하리라고 마음먹었다.

나는 과거의 성취에 얽매이고 말았던 거다. 그랜드 피아노를 빌리기 위해 낸 돈은 시간당 만 원이었고, 합쳐서 이만 원을 낸 나는 낸 돈을 아까워하며 씁쓸해했다. 다음부터 피아노를 치지 말아야지, 영영 피아노를 쳤다는 이야기를 하지 않을 거야. 그렇게 혼잣말하면서 피아노 덮개를 덮는데 울컥했다. 취미이자 특기인 피아노가 나를 떠났다. 방금 떠났다면 작별 인사라도 할 텐데, 손가락을 보건대 떠난 지 한참은 흘러 보였다.

피아노로 경쟁하는 게 싫어서, 비교당하는 게 지겨워서, 같은 곡을 몇십 번 치는 게 싫증 나서 끝내 피아노를 그만뒀지만 어른이 되어서도 미련하게 피아노 주위를 서성거리는 이유는 하나의 장면이 깊숙하게 내 안에 들어와서다. 고등학생이던 나는 네 명이 한 방에 모여 살아야 하는 기숙사 구조에 답답함을 느꼈는데, 그래서인지 아침을 먹고 나면 옥상 근처에 있는 피아노실로 빠르게 향했다. 밴드부 아이들은 주로 점심 시간이나 야간자율학습 시간 전에 들어왔으니 아침의 음악실은 온전히 내 것이었다. 울적할 때마다 듣던 류이치 사카모토의 대표곡 중 하나인 〈Merry Christmas Mr. Lawrence〉 악보를 펼쳤다.

창문을 여니 아침 공기가 상쾌하게 들어왔다. 후텁지근한 바람에 휘날리는 앞머리를 정리하며 같은 음이 반복되는 도입부에 공을 들였다. 대회에 출전하기 위해서가 아닌,

곡이 마음을 움직였다는 이유로 악보를 찾아 선생님의 지도 없이 혼자 하는 연습이었다. 한창 몰입하는 중인데 누군가 문을 열었다. 인기척에 놀라 돌아보니 우연하게 남몰래 짝사랑하던 아이의 얼굴이 보였다. 아이는 말없이 내 눈을 잠시간 쳐다보다가 방해해서 미안하다는 말과 함께 문을 닫고 종종걸음으로 도망쳤다. 몇 주라는 시간이 흐르고 음악실 앞을 지나가는 내 귀로 그때의 곡이 들려왔다. 유려하거나 익숙하지는 않지만 한 음마다 정성을 들이는 소리였다. 연주자는 말하지 않아도 그 아이라고 짐작했다.

하나의 악기를 멋지게 연주할 수 있다는 기쁨을 이미 알아버린 어른이니 결국 집 근처 피아노 학원에 들렀다. 이번에는 드뷔시의 〈달빛〉을 연주하고 싶다고 말하자 꽤나 피아노를 치는 사람이라고 생각한 선생님은 레슨 없이 방만 빌려 피아노를 연습하는 건 어떻겠냐는 제안을 주셨다. 혼자 치기란 무척 어려운데, 못 친다고는 말하기 싫은 자존심이 생겨버렸다. 레슨이 필요하다는 말 한마디만 하면 될 텐데 그 말조차 입 밖으로 꺼내지 못한 나는 좋은 제안이라며 곧 등록하러 오겠다는 거짓말을 내놓고 집으로 향했다. 피아노를 못 쳐요, 옛날엔 잘 쳤는데 지금은 치지 못해요, 사실 옛날에 잘 친 것도 엄청 옛날이에요, 지금은 체르니부터 다시 천천히 배워야 해요. 어떤 말도 하지 못하고 돌아온 내가 안쓰러웠다. 선생님 앞에서 피아노 멋을 부린다며 뻔뻔하게 거짓말했다는 사실이 초라했다. 피아노를 미워하다가 나를 못마땅해했다.

 사진으로 순간을 담는 일

사진 찍는 행위에 아무런 관심 없던 내가 순간을 한 장의 장면으로 천천히 포착하기 시작한 때는 스마트폰 사진첩의 한 기능 덕분이었다. 처음에는 '일 년 전, 오늘의 사진을 확인해보세요!'라는 메시지를 뜬금없이 보내거나, 시키지도 않았는데 내가 찍은 사진의 색감을 자동으로 보정해 보여주는 게 웃겼다. 나중에는 그 메시지가 오기도 전에 사진첩에 들어가 기억을 소환했다. 용량이 부족해지면 사진부터 몽땅 지울 만큼 사진에 미련이 없는 나를 천천히 붙잡아준 건 그 기능으로 사진의 의미가 소중하다는 걸 깨닫고 나서였다. 사진이 누군가에게 기능적으로 전달될 때만 유효한게 아니라, 홀로 천천히 훑을 때도 기능을 발휘한다는 걸 알았다. 무료할 때마다 사진첩에 들어가 찍은 사진을 확인했다. 여운이 깊었던 영화의 엔딩 크레디트부터 식당 안에서햇볕을 쬐는 강아지의 사진, 공원 벤치에 늘어진 고양이 같은 사랑스러운 장면을 보며 그때의 온도와 습도를 연상하기도 했다.

나의 좌우명이 '과거의 성취에 얽매이지 말자'라면, 사진을 찍고 되돌아 감상하는 취미 역시 그를 위반하는 편이다. 목표했던 몸무게를 달성했다며 입고 싶은 옷을 입은 후 찍은 사진을 보고, 상을 타고 브이를 그리는 사진과 캠핑장을 빌려 팀원들과 즐겁게 만세를 하던 사진도 즐겨 보았으므로. 살다가 문득 이때로 돌아가고 싶다는 소망이 들 정도로행복했던 장면을 틈틈이 챙겨 보는 내가 있어서.

어쩌면 사진은 피아노와 닮은 구석이 있지 않을까 싶은단상을 붙잡고 이야기를 늘어놓는다. 피아노가 음계를 지나쳐 선율을 만들듯, 사진 역시 그날의 시간을 지나쳐 과거가 된 순간을 장면으로 만들어준다.

　그러니 꼭 과거에, 나아가 과거의 성취에 얽매이는 게 나쁜 일이려나. 음계를 지났으므로 곡이 만들어지고, 장면을 지났으므로 사진이 만들어지는데. 힘이 들었든 괴로웠든 기뻤든 뿌듯했든 삶에서 어느 순간이 있었기에 착실하게 그 시절을 겪은 지금의 내가 땅 위에 서 있다. 과거의 성취에 묶여 그 성취가 내 인생 전부의 자랑거리라고 여기는 사람이 되기 싫다는 마음은 알겠지만, 그렇다고 과거를 애써 전부 지워내려 하지는 말아야겠다고. 사진이 뚜렷하게 남아 증거가 된 것처럼 피아노로 상을 받았던 것도, 아이들의 성악에 반주를 입힌 기억도 모두 내 것이다. 실력을 잃었다고 기억을 전부 지우지는 말아야 한다.

　피아노와 사진을 보는 마음가짐도 어찌 비슷해 보인다. 잘 찍고 싶은 마음으로 사진을 대하고, 잘 치고 싶은 마음으로 피아노를 대하는 걸 보면 말이다. 사랑하는 친구가 피아노를 잘 치고 싶다고 묻는다면, 사진을 잘 찍고 싶다는 고민을 이야기한다면 "그냥 해봐!"라고 외칠 내가 스스로에게는 이런 말을 전혀 하지 않는다. 만약 음계를 틀리게 쳤다면,

도돌이표를 새롭게 그리듯 그 음표로 돌아가 다시 치면 되는데 이런 간단한 일을 전혀 하지 않고 그저 망연히 바라만 보았다. 요즘 개인 계정에 사진을 올리면서부터 좀 더 잘 찍고 싶다는 열망이 솟구치는데, 그러지 말고 그저 마음 가는 대로 찍어야겠다. 마음에 안 든다면 다시 찍으면 된다. 피아노도 마찬가지다. 마음에 안 드는 연주가 나왔다면 다시 치면 된다. 돌아오는 주말에는 학원에 다시 들러 거짓말을 수습해야겠다. 선생님, 저 요즘에는 사실 피아노 잘 못 쳐요.

스트레스
잠금

　　　　　　　　치과 의사가 턱을 이리저리 만진다.
"평소에 치아를 꽉 깨무시나 봐요." 나는 고개를 젓는다. "평
소는 아니고…… 스트레스받을 때만요." 낯설지 않은 풍경이
다. 한 차례 겪은 일이라 대수롭지 않게 말을 덧붙인다. "턱
관절 장애인가요?" 내 물음에 의사는 선선히 고개를 끄덕인
다. 근육 이완제를 처방하겠다는 의사의 말에 나 또한 고개
를 끄덕인다. "그래도 입을 완전히 못 벌리시지는 않아서 다
행이네요. 스트레스 조심하세요." 스트레스를 미리 파악해
찾아오기 전에 슬쩍 피하면 얼마나 좋을지 생각한다. 현대

인과 스트레스는 떼려야 뗄 수 없는 환상의 조합이다. 나는 어찌할 수 없는 스트레스와 그 스트레스를 받을 때 치아를 무는 습관을 연달아 생각하며 산부인과에 간다.

지도 앱으로 수소문해 찾은 인자하기로 유명한 산부인과 선생님은 내게 면역력이 무너졌을 때 염증이 자주 재발한다는 말로 이야기를 시작한다. 내 염증은 감기 중에서도 독감과 비슷할 만큼 심각하다고 한다. 슬쩍 시계를 보던 선생님은 오늘이 수요일 낮 세 시임을 인지하고 묻는다. "휴가 쓰고 오셨나 봐요?" 나는 고개를 젓는다. "퇴사하고 구직 중이에요." 선생님이 입을 연다. "한 번이라도 직장을 다녀본 사람들이 쉬는 시기에 더 걱정하면서 스트레스를 받는 것 같아요." 스트레스를 조심하라는 말을 다시 한 번 들었다.

정형외과도 들렀다. 그러지 않아도 글을 쓸 때마다 욱신거렸는데, 비행기를 놓치지 않겠다며 무거운 배낭을 메고 달리다가 그만 삐끗했다. 스트레스를 받을 때마다 글을 쓰곤 했는데 그러지도 못하니 스트레스가 쌓여만 갔다. 아직은 움직이는 오른팔로 쉽게 넘길 수 있는 짧은 영상을 내리봤다. 읽어야 할 책이 쌓여 있는데, 어디선가 누워서 스마트폰을 하는 자세가 몸에 좋지 않다고 했던 것 같은데 싫었지만 몸이 아프니 아무것도 하고 싶지 않았다. 이곳저곳이 따끔거렸고 입은 말하려고 벌릴 때마다 아렸다. 친구에게 전화를 걸어 대화를 나누지도 못하고 아파서 잘 걷지도 못하니 누워서 허공을 보거나 스마트폰을 보는 게 다반사였다. 몸이 아프기 전까지는 몸이 아픈 게 이렇게 힘든지 몰랐다. 스트레스가 몸으로 발현된다는 것도 대략은 알고 있었지만 몰아서 닥칠 거라고는 상상도 못 했다.

몇 번뿐인 모임을 잇따라 취소했다. 좋지 않은 컨디션으로 가서 요즘 근황을 나누면 분명 이곳저곳 아프다는 말이 나올 것 같았다. 그러면 내 말을 들은 사람들까지 분위기를 타서 기쁘고 소란스러운 모임을 여기저기 아프다는 우울한 하소연 자리로 바꾸어버릴 수도 있을 것 같았다. 상상이 꼬리에 꼬리를 물어 결국 모임에 참석하기 어렵다는 메시지를 보냈다. 아픈 것도 슬픈데 아파서 사람들도 만나지 못한다니 외롭기까지 했다. 심지어 못 간다고 말하자고 결정한 사람도 나여서 이 외로움도 내가 책임져야 했다. 영상 검색창에 고독과 슬픔과 외로움과 스트레스 관리법이라는 키워

드를 넣었다. 어떤 영상은 외로움은 인간의 평생 숙제라고 했고 어떤 영상은 현대인은 반드시 스트레스를 받을 수밖에 없으니 관리하고 조절하는 게 숙제라고 했다. 학교 숙제를 끝냈더니 인생 숙제가 남아 있었다.

이런저런 고민 때문인지, 아니면 몸이 아파서 머리까지 아파온 건지, 통증이 심해 두통약을 꺼내 먹었다. 아프기 전에 미리 몸을 챙기라고 충고하던 선배들의 이야기를 한 귀로 흘려들은 내가 미워지기 시작했다. 영양제도 꼬박꼬박 먹고, 운동도 하고, 배달 음식도 줄이고, 채소 위주의 건강식을 챙기자는 다짐 역시 계절이 흐르며 서서히 흩어졌다. 체중계에 올라갔더니 진짜 나이보다 무려 열 살이나 많은 신체 나이 숫자가 나를 쳐다보고 있었다. 또다시 스트레스를 받았다. 몸이 나쁘니 스트레스를 받고 스트레스를 받으니 몸이 나빠지는 상황이었다. 이 몸을 가지고 나를 좋아하기 위해 어디서부터 어떻게 해야 할지 알 수 없었다.

몸이 아파 슬프고 아플 때는 누가 뭐라 해도 몸을 챙기는 게 나를 사랑하기 위한 방법이겠지만, 다치고 아픈 몸이란 녀석이 하루 만에 나을 기색은 보이지 않는다. 지금 어떤 일을 해야 나를 사랑할 수 있을까 한참 고민하다 과감하게 스마트폰을 껐다. 연락이 오면 기쁜 소식이야 있겠지만 온다는 보장도 없고 세 시간이 지나면 스마트폰을 다시 켤 테니 그동안 무슨 일이 생기지는 않기를 바란다. 간신히 찾은 손목시계로 대략적인 시간을 확인하고 번복하지 않도록 빠른 속도로 전원을 껐다. 스마트폰을 껐으니 이제는 외로움을 검색할 수도 없고, 구인 구직 사이트를 둘러볼 수도 없고, 친구들이 맛집을 다녀온 소식이나 가족들과 파티를 했다는 소식을 먼발치서 바라볼 수도 없다.

　스마트폰을 스마트하게 쓰면 효율적인 시간을 보낼 텐데 어떻게 된 일인지 나는 그러지 못한다. 늘 짧은 영상을 뒤적거리고, 빠른 호흡으로 끝내는 만화를 보다가 이윽고 인플루언서들의 화려하고 멋진, 혹은 소박하고 재밌는 하루를 염탐하며 부러워한다. 독기 있게 식단과 운동을 한 끝에 보디프로필 찍기에 성공한 친구의 사진을 보고 내가 하는 건, 멋지다는 댓글을 남기는 일이 아닌 사진을 넘기는 일이다. 너무 멋진 걸 보면 나도 저렇게 되어야지 하는 생각은 신기하게 넣어놓게 된다.

계획 없이 스마트폰을 끄니 순식간에 다가오는 감정은 무료함인데, 무료함을 견디는 게 인생 숙제라면 지금이 딱 숙제하기 위해 연필 들기 좋은 시간이다. 사놓고서는 완독하지 못한 책을 한 권 들고 침대에 눕는다. 세 페이지를 읽고 스마트폰을 하던 습관 때문에 도통 진도가 나가지 않지만 그래도 꿋꿋이 읽는다. 그러다가 메모장을 꺼내 앞으로 뭘 하고 싶은지, 올해는 어떤 해였는지, 내년에는 어떤 사람이 되고 싶은지 적으며 스스로를 되돌아본다. 몸이 아파서 그런지 영양제를 챙겨 먹자거나 올 초에 열심히 했던 '하루에 오 킬로 뛰기'를 다시 해보자는 의지를 결연하게 세운다.

버튼 하나를 눌렀다고 스마트폰이 잠기는 것처럼 스트레스도 버튼 하나로 잠기면 얼마나 좋으려나. 스마트폰이 스트레스의 모든 요인이 되지는 않겠지만, 스마트폰이 세상에 나오지 않았던 시절에도 꾸준히 스트레스를 받았지만, 요즘의 나는 스마트폰으로부터 스트레스를 받는다. 즐겁게 놀다가도 빠르게 메일을 확인할 수 있는 스마트폰의 기능 때문에 마음의 준비가 되지 않은 상태에서 불합격이나 탈락 소식을 맞닥뜨린다. 블랙 프라이데이나 각종 이벤트로 점철된 광고 메시지만 줄기차게 도착하는 메시지 앱을 보며 나의 인간관계를 점검한다. 알고리즘으로 뜬 영상으로 요즘 청년이 얼마나 힘든지, 고독은 담배를 피우는 것만큼 몸에 해롭다는 이야기를 주워듣는다. 뉴스 메인에 뜨는 좋지 않은 소식을 읽으며 개인적인 트라우마를 다시금 떠올리기도 한다.

스마트폰을 끈 세 시간 동안 한 권의 에세이를 반쯤 읽고, 내년 계획을 세우다가 종이 구석에 낙서를 했다. 빨래를 돌리고 따뜻한 이불에 들어가 낮잠을 잤다. 일어나서는 지도를 열지 않고 모르는 길로 산책을 조금 했다. 이따금은 똑똑하고 빠르게 살지 않는 날도 필요한 것 같았다.

오늘은
유독
못생겼어요

거울을 본다. 뽀루지 파티가 열렸다. 위치도 어쩜 둘이 약속이라도 한 듯 중앙을 차지했다. 인중 가운데에 하나, 이마 가운데에 하나가 났다. 심지어 크기도 만만찮다. 두툼한 컨실러를 발라도 가려지지 않는다. 입으려고 전날에 고이 개어둔 셔츠는 접힌 그대로 주름이 잡혔다. 집에는 스팀다리미도 없다. 쭈글쭈글한 옷에 가려지지 않는 피부와 밤마다 먹은 간식으로 통통 오른 볼살까지. 이 상태로는 어디든 가고 싶지 않다.

약속만 없었더라면 이불 속에서 나오지 않았을 텐데, 오늘은 빠지기 어려운 일정이 있는 날이다. 아프다는 핑계를 대고 약속을 취소할까 망설이다가 결국 나간다. 최대한 외모 걱정을 안 하려 애쓰지만 밥 한 숟갈 뜨면 색이 지워지는 밋밋한 입술이 두려워 주머니에 든 립스틱을 만지작거린다. 다행히 아무도 뾰루지를, 주름진 셔츠를, 잔뜩 오른 볼살을 언급하지 않았다. 무사히 끝난 일정에 안도감을 느끼던 중 들리는 한마디.

"이렇게 모인 것도 인연인데, 단체 사진 찍을까요?"

기념으로 찍은 장면이 빠르게 메시지로 날아온다. 정녕 내가 이렇게 생겼다니. 거울로 볼 때만 해도 이 정도는 아니었는데. 나는 왜 이렇게 못생겼을까. 꾹꾹 참았던 절망이 쏟아진다.

지금은 그러지 않으려 노력하지만, 그날의 얼굴 상태가 마음에 들지 않거나 입을 옷이 마땅치 않으면 급한 일이 생겼다는 핑계를 대고 약속을 취소하곤 했다. 어렵게 일정을 맞춘 친구를 앞에 두고는 그렇게 말하기 어려웠지만 언제든 만날 수 있다고 생각한 애인에게는 한결 쉬웠다. 언제부터인가 당연하게 약속 두 시간 전에 만남을 미루는 나를 향해 애인이 불만을 토로했다. 어쩜 데이트를 하기로 한 날마다 아프다는 게 말이 되느냐는 얘기였다. 손바닥으로 하늘을 가리기란 어렵다는 걸 깨닫고 솔직한 심경을 전했다. 오늘은 내 얼굴이 말이 아니란 말이야. 애인은 한숨을 쉬고 그렇지 않다고 말해주었다.

그때는 알겠다는 말을, 고맙다는 마음을 전했지만, 돌이켜보면 그다지 귀에 들어오지 않았다. 당연히 고맙다는 대답도 거짓이었다. 오늘의 얼굴이 별로라고 생각되는 날에는 억지로 나간다는 뜻을 담아 모자와 안경과 마스크로 얼굴을 최대한 가렸다. 애인이 예쁜 얼굴을 왜 가렸냐고 말하면, 못생긴 나를 위해 애인이 선의의 거짓말을 하는 중이라고 여겼다.

반대로 애인이 나에게 "오늘 못생겨서 나가기 싫어"라고 한다면 너의 어떤 면이 멋지고 내가 너의 어떤 면을 좋아하는지 하나하나 짚어 이야기해줄 텐데, 전혀 그렇지 않다고, 설령 누군가 너의 외모를 지적했어도 그 사람이 잘못된 것이지 나는 네가 세상에서 제일 멋지다고 말할 텐데, 그때는 반대고 뭐고 아무것도 생각하고 싶지 않았다. 내가 아름

답다는 그의 말이 진심이라고 믿기지 않았다. 아무래도 그의 눈은 다른 사람보다 한참 낮은 게 분명했다. 그가 아무리 좋은 말을 건네도 변하지 않는 사실은 내가 못생겼다는 것이었다. 길을 걸어가는 저런 예쁘고 멋진 사람들보다 한참 못 미치는 외모를 가지고 있다는 확신이었다. 같이 길을 걷는 친구에게는 번호를 묻고 싶다는 요청이 들어오는데, 나는 단 한 번도 그런 일을 겪은 적이 없었다.

훌쩍 지나간 유년 시절을 탓하고 싶지 않지만, "왜 너는 네 외모를 좋아하지 않는 거야? 언제부터 그렇게 생각했던 거야?"라는 친구의 질문에 곰곰 기억을 돌이켜봤다. 엄마의 영향이 컸다. 엄마는 언제나 둘째와 셋째가 우리 집의 예쁨을 담당하고 있다고 말했다. 제일 못난 아이는 첫째인 나라고, 태어났을 때 쭈글쭈글하니 못생긴 나를 보고 경악을 했고, 어린이가 된 뒤의 나는 많이 나아졌지만 여전히 못났다고 집에 놀러 온 아주머니들에게 말했다. 엄마가 자랑스럽게 여긴 둘째와 셋째는 나도 질투 날 만큼 예뻤다. 커다란 눈과 오밀조밀한 코, 날렵한 턱선까지 모든 것을 다 가지고 태어난 동생들이 부러웠다.

아주머니들과 열린 한바탕의 티타임이 지난 후에 엄마를 붙잡고 물었던 적이 있다. "나 정말 못생겼어?" 그러면 엄마는 나직하게 답했다. "네 동생들이 예쁜 건 사실이지. 하지만 네가 완전히 못생긴 건 아니야. 못생겼다고 미리 말해두면 아주머니들이 너를 보고 그렇지 않다고 말할 테니까. 쉽게 얘기하면 기대치를 낮추는 거지." 나는 안도의 한숨을 잠깐 쉬었지만 동생들의 외모를 칭송하는 엄마의 버릇에는 익숙해지지 않았다. 엄마는 아직도 동생들의 외모를 칭찬하며 나를 깎아내린다.

"아마 그 여파로 내 외모를 싫어하는 게 아닐까?" 이야기를 한참 듣던 친구가 붉어진 눈가를 슥슥 닦았다.

오로지 외적인 컨디션만으로 약속을 취소하거나 아침에는 괜찮던 기분이 원치 않게 찍힌 사진만으로 좌절되니 보이지 않는 내면에 집중해보자고 다짐했던 적이 있다. 내면을 튼튼하게 가꾸면, 얼굴만 보고 내미는 "어디 안 좋은 일 있어요?"라는 질문을 받았을 때 아니라고 호쾌하게 답할 수 있을 것 같았다. 광대뼈가 도드라져 보이거나 네모난 사각턱이 보기 싫을 때마다 속상해하지 않고 나는 충분히 예쁜 사람이라고 읊조릴 수 있을 것 같았다. 하지만 번번이 실패했다. 외모에 관한 지적을 들을 때는 물론이고, 오늘은 얼굴이 좋아 보인다는, 무슨 새로운 일이 생겼냐는 은근한 평가에 저도 모르게 어깨가 올라가는 나를 볼 때도, 칭찬에 기뻐했다는 점에서 외모에 관한 신경을 배제하지 못했다는 생각에 사로잡혔다. 패션의 완성은 얼굴이라거나 헤어의 완성은 얼굴이라는 유머를 볼 때도 쉽게 웃지 못했다.

✦ ✳ ✦   속옷과 양말과 잠옷을
                          잘 갖춰 입는 일

외출이 가까워지면 거울을 최소 열 번은 보는 것 같다. 많으면 스무 번까지도 본다. 립스틱의 색깔이 여전히 남아 있는지와 앞머리가 갈라지지는 않았는지, 볼살과 턱살이 어제보다 늘어나지 않았는지 꼼꼼하게 살핀다. 친한 친구에게도 맨얼굴을 잘 보여주지 않는다. 자연스레 화장품과 옷이 늘었다. 외투만 해도 코트와 재킷과 플리스와 카디건과 패

딩이 있다. 립스틱도 틴트를 합치면 몇 개인지 셀 수가 없다. '하늘 아래 같은 색조는 없다'는 말을 믿고 비슷비슷한 색상의 블러셔와 립스틱을 여러 개 들였다.

셔츠와 니트는, 파운데이션과 립스틱은 몇 개인지 알 수 없을 만큼 많지만 정작 잘 보이지 않으면서 필요한 것들은 챙기지 못했다. 속옷과 양말과 잠옷이다. 어떤 외투를 입든 반드시 챙겨 입는 속옷은 해진 것도 모자라 구멍이 뚫렸다. 양말은 짝을 잃어버려 늘 짝짝이로 신는다. 애인은 가끔 바지 밑단을 들추고 내 양말을 확인한다. 그러고는 양말 한 짝이 늘 없어진다는 우리 집에 '짝짝이 양말 클럽'이라는 이름을 지어줬다. 개의치 않고 짝짝이 양말을 신는다. 어차피 신발을 벗고 들어가는 카페와 식당보다 그렇지 않은 장소가 더 많으니까, 통이 넓고 밑단이 긴 바지를 입으면 양말조차 보이지 않으니까 조금 안심하며 신는다.

잠옷은 늘어난 티와 트레이닝 바지를 위주로 입는다. 살결에 닿으면 절로 기분 좋아지는 부드러운 잠옷은 없다. 회사에 다니지 않을 때는 작업하는 집이 거의 회사나 마찬가지인데도 홈웨어를 잘 사지 않는다. 왜 그러는지 묻는다면 답은 간단하다. 사람들에게 보이지 않으니까.

보이지 않는 곳은 대충 넘기자는 가치관을 가진 내가 숨겨진 곳까지 신경을 쓰게 된 건 선물의 영향이었다. 친구에게 생일 선물로 부드러운 자주색 체크 잠옷을 받았다. 잠옷을 입지 않는다고 말하기에는 조금 그래서 덜컥 받았다. 다른 친구에게는 연말 선물로 복슬복슬한 보카시 양말 세트를 받았다. 가스비를 아끼겠다며 실내 온도를 다소 낮게 설정한 우리 집에서 체크 잠옷을 입고 양말을 신었는데 기분이 환해졌다. 누구도 나를 보지 않는 공간에서 잠옷과 양말을 챙겨 입으니 그제야 가장 중요한 걸 놓치고 있었다는 걸 깨달았다. 잠옷을 입은 나를, 속옷을 입은 나를, 양말을 신은 나를 아무도 보지 않는 게 아니었다. 정작 내가 보고 있었다. 내가 다 알고 있었다.

아침에 일어나 유독 못생겼다는 생각이 들 때, 성형으로 얼굴을 바꾸고 싶은 욕망이 스멀스멀 올라올 때, 요즘에는 작가도 사진이고 영상이고 미디어에 많이 노출되니까 외모를 가꿔야 한다는 강박감이 들 때면 나는 심호흡으로 심박수를 느리게 가라앉히고 부들부들한 잠옷을 입는다. 실로 직접 뜬 것 같은, 겨울 장갑을 닮은 하늘색 양말도 신는다. 한 짝이 없으면 다른 비슷한 짝을 찾을 수 없을 만큼 특별한 양말을 고른다. 와이어 없는 편안하고 깨끗한 속옷을 입는다. 이전에는 어떤 크기가 되었든 속옷이면 대충 걸치곤 했다. 지금은 줄자로 치수를 재고 딱 맞는 속옷을 찾는다.

요즘 자주 입는 건 여성용 트렁크다. 품이 널찍하고 허리 고무줄도 탄탄하다. 바람이 잘 드나들어 통풍도 좋다. 사각형 팬티를 입는다는 게 처음에는 어색했지만 지금은 색깔별로 있을 만큼 트렁크를 애용한다. 물론 비싼 속옷과 양말과 잠옷을 턱턱 살 만큼의 여유는 없지만, 그렇다고 "속옷에 쓸 돈이면 스웨터를 사는 편이 낫지 않을까?" 하는 마음은 도로 넣는다. 내가 알고 있다. 내가 보고 있다. 나는 나를 가꾸는 법을 안다.

마땅한
취미

내 모습이 낯설다. 연락이 끊긴 언니
에게서 오랜만에 만나자는 메시지가 왔는데, 바쁘다고 거
짓말을 해버렸다. 돌이켜보니 이번이 처음은 아니다. 어느
순간부터 친숙한 지인만 골라 약속을 잡는다. 생활 반경이
다른 누군가를 만날 때면, 호기심으로 이런저런 말을 건네
기보다 입을 다문다. 학교나 회사를 다니지 않으므로 모든
관계와의 만남은 오로지 내가 결정할 수 있어 그런지 부담
없는 편한 사람만 찾는다. 점차 낯선 사람과 말을 섞는 게
두려움으로 느껴진다. 유독 처음 보는 이에게 더욱 그렇다.

과거의 내가 지금의 나를 봤다면 왜 이렇게 달라졌냐며 놀랄 거다.

지금과 정반대 성격이던 시절의 나는 커뮤니티 마케터로, 직종부터 성격까지 저마다 다른 사람들을 하나의 관심사로 엮어 모임을 진행하는 리더를 도맡았다. 이것저것 아는 게 많아 모르는 사람이래도 두 시간 정도는 금세 떠드는 능력을 발휘하던 나였다. 불현듯 그토록 활발하던 내가 그리워서, 사람들에게 힘을 뺏기기보다 힘을 얻던 성향이 애틋하게 느껴져서 새로운 커뮤니티를 찾았다.

이틀 후 나는 익숙하지 않은 파티룸에서 식탁을 중심으로 이름 모를 사람들에게 둘러싸였다. '일에 임하는 태도'를 중점으로 끈끈한 대화를 나누는 자리였는데, 새로운 누군가가 문을 열 때마다 식은땀이 흘렀다. 모인 사람들이 서로를 소개하는 순간이 오자 어떤 이가 입을 열었다. "우리, 직업 먼저 얘기하지 말고 재밌게 요즘 빠져든 취미로 본인을 표현하는 건 어때요?" 나를 뺀 사람들이 좋다며 맞장구를 쳤다. 기다렸다는 듯 온갖 취미가 식탁 위로 올라왔다. 주짓수를 하는 동생과 풋살을 하는 언니, 볼링을 치는 또래와 클

라이밍을 즐기는 오빠까지, 멀리서나 볼 법한 취미 활동이 줄줄이 쏟아져 나왔다.

어느새 내 차례가 다가오고 있었다. 재빨리 머리를 굴렸다. 태어나 스키장 한 번 안 가보고, 땀 흘리는 일에 즐거움을 느끼지 않고, 한정된 시간 안에 방에서 빠져나오는 방탈출도 힘들어하는 나는 어떤 취미를 즐긴다고 말해야 할까. 결국 분위기에 걸맞은 적당한 취미를 머릿속에 떠올려내지 못해 포기를 선언했다. 마땅한 취미가 없다고 말하는 내게 많은 말이 닿았다. 주로 자신의 취미가 얼마나 매력적이고 즐거운지를 알리는 내용이었다.

최대한 영혼을 담은 채 웃으며 고개를 끄덕였지만 실은 반박하고 싶은 욕구를 억누르느라 혼났다. 이름을 가지듯 반드시 취미를 가져야 하는 건 아닌데, 취미가 없다고 밝히면 심심하고 재미없는 사람처럼 인식되는 기분이었다. 특이하고 특색 있는 취미를 가질수록 그 사람의 매력이 한층 더 높아지는 걸까. 부풀려 얘기하면, 취미가 없는 사람은 세계를 넓히지 못하고 무료하게 방에 앉아 있는 외톨이처럼 보였다. 사람들이 환호를 지르는 취미는 대개 체력이 동반

되는 일이라는 걸 알고 나서부터는 연을 날린다고 거짓말을 했다. 고도 높은 공원에 올라가 독수리 연을 날린다고. 역시나 탄성이 뒤따라왔다.

가까운 곁을 지키는 덕분에 약점까지 속속들이 아는 애인은 취미에 관한 나의 모든 말이 거짓이라는 걸 잘 알았다. 그는 나를 속속들이 파악했다. 그러니까 평일 저녁이나 주말처럼 붕 뜨는 시간을 홀로 잘 즐기지 못한다는 사실을 기막히게 꿰뚫었다. 내가 빈 시간을 메꾸기 위해 다른 일을 찾아 헤매다가 번아웃에 빠지는 것도, 심지어 책이 읽히지 않을 때마저 독서가 유일한 취미라는 마음으로 억지로 글을 읽는 행동도 꼬집었다. 하루쯤은 효율을 따지지 않고 정말 좋아하는 것을 찾아 빈 시간을 채우기를 바란다는 그에게 덜컥 짜증을 냈다. "너까지 나한테 취미를 강요하는 거야?" 삐쭉 솟은 말투에 당황한 그는 주저하다 입을 뗐다. "사실 나는 너랑 떨어지면 불안해. 네가 너무 심심해하잖아."

아니라고 답할 수 없었다. 맞는 말이었다. 효율을 추구하는 내게 취미란 사치였고, 빈 시간을 알차게 채워야 한다는 강박감에 사로잡혀 취미를 지웠다. 잘 하고 싶은 욕심 없이 그저 좋아한다는 이유로 임하는 일이 뚜렷하게 없었다. 일을 찾다가 찾다가, 하다가 하다가 집중력이 흐트러져 극도로 심심해질 때만 애인을 찾는 버릇을 들켰다. 애인이 다른 친구와 오붓하게 시간을 보낼 때 방 안에서 손톱을 물어뜯는다는 걸 함께 들킨 것 같았다. 반박할 명분이 없어 씩씩거리는데 그가 걱정스럽게 한마디를 덧붙였다.

"남들에게 멋있게 비칠 취미를 억지로 찾으라는 게 아니야. 누군가 별로라고 얘기해도 타격 없을 진짜 취미를 찾으면 훨씬 즐거워질 테니까. 네가 혼자서도 튼튼하게 지낼 수 있으면 좋겠어."

궁리했다. 타인과 세상에 매력적인 이미지로 보일 마땅한 취미에서 벗어나 진정 상관 없을 취미란 어떤 게 있을지. 더는 심심하다는 이유만으로 애인을 찾고 싶지 않았다. 친한 친구에게 전화를 걸어 시간 있으면 나와 놀아달라고 칭얼대고 싶지 않았다.

유년 시절을 보낸 곳이 제주도라는 사실을 실감하는 때는
아빠를 따라 배낚시를 했던 기억이 생생하게 떠오르는 순
간이다. 아빠는 낚싯대를 빠르게 감아 생선을 잡아 올렸고
배를 운전하는 삼촌과 둘이 그 자리에서 즉석으로 회를 떴
다. 언제 잡힐지 모르는 물고기를 조용하게 기다리는 시간
을 좋아했다. 바다 한가운데 있는 터라 휴대폰도 터지지 않
아 심심했지만 아빠와 삼촌이 나누는 시시껄렁한 농담을
듣고 있으면 시간이 훌쩍 갔다.

어른이 되어서는 자주 가던 동네에 낚시 카페가 생겼다
는 소식을 들었다. 떠오르는 데이트 코스라기에 저장해두
었는데 가시에 찔리기를 반복하는 물고기의 고통에 대해
생각해보게 하는 글을 읽고는 단 한 번도 낚시에 흥미를 느
끼지 않았다. 더불어 바다를 하염없이 바라보며 공상에 빠
지는 일에도 좀처럼 흥미를 느끼지 못했는데, 섬을 가꾸는
게임 속에서 낚시를 하며 화면의 시점을 구름 뜬 하늘과 바

다로 바꾸어 빤히 볼 때 다시 그 고요함을 즐길 수 있게 됐다. 어떤 물고기가 잡힐지를 기대하는 게 아니라, 바다에 낚싯대를 넣고 가만하게 앉아 있는 캐릭터가 좋아서 한 쪽뿐인 장화나 빈 참치캔이 잡혀도 아쉽지 않았다.

책상을 옮기다가 발을 찧는 바람에 밤산책을 가기 어려워지자 안온한 집에서 오랜만에 게임에 푹 빠져보면 좋겠다는 생각이 들었다. 게임기를 들고 스크린에 뜬 인물의 몸동작에 맞춰 춤을 추는 게임도 있고 실타래가 서로를 붙잡고 모험을 떠나는 게임도 있지만 아직 사지 않은 새로운 게임을 하고 싶은 바람이 컸다. 이래저래 신경 쓸 일이 많아 정신을 다른 곳으로 옮길 수 있는 게임에 집중하고 싶은 욕구가 생겼다.

포털 사이트를 열어 게임 추천이라고 검색했더니 시선을 끈 게임이 나왔다. 낚시였다. 본격적으로 물고기를 낚아 무게를 재거나 새로운 물고기의 종류를 파악해 수족관에 넣는 게임이었다. 실제라면 전혀 하지 않겠지만 게임이니 즐겁게 구매했다. 아무도 다치지 않는 밤낚시를 할 수 있는 기회였다.

게임은 간단했다. 한 손에 거뜬하게 잡히는 게임기의 방향키를 미세하게 조정해 물고기에게 다가간 뒤 버튼을 누르며 천천히 낚싯대를 감으면 물고기가 잡혔다. 무게가 많이 나가거나 시장에서 비싸게 팔리는 물고기는 다가오는 시점에 줄이 자주 끊어졌다. 낚싯대 끝에 달린 무거운 추가 가라앉으면 반사 신경으로 잽싸게 낚싯대를 들어 올리는 게임도 있는 데다가 상어를 피해 도망가는 미니 게임도 있어서 시간이 어떻게 가는지 모르고 자정을 훌쩍 넘기도록 낚시 게임에 빠졌다.

낚시 게임을 하는 동안에는 아무런 생각도 하지 않을 수 있었다. 앞으로 어떻게 먹고살아야 할지에 대한 고민 대신 낚싯줄이 끊어지지 않았으면 좋겠다는 가벼운 고민을 했다. 어떻게 해야 더욱 좋은 글을 쓸 수 있을지에 대한 깊은 고민을 하기보다 이제껏 잡지 않은 다른 종의 물고기를 건져 올리면 좋겠다는 귀여운 고민을 했다.

내 게임기 안에는 소위 '힐링 게임'이라 불리는 것들이 많다. 섬을 가꾸거나 다람쥐와 함께 팀이 되어 모험을 떠나는 게임 따위. 각을 잡고 모으려고 한 건 아닌데 어찌하다

보니 평정을 되찾는 게임들이 옹기종기 모였다. 게임뿐만 아니라 영화와 음악도 자극적이지 않은 것으로 고르는데, 정작 세상이 뿜어내는 온갖 자극에 온몸의 신경을 곤두세우며 받아들이다 보니 자연스레 불안감이 떠올랐다. 게임과 영화와 음악이 다 무슨 소용이냐는 냉소를 품었다.

아니다. 영화와 음악에는 어떻게든 좋은 의미를 넣어보겠는데 유독 게임에는 의미를 담을 수 없었다. 프로게이머가 아닌 이상 게임을 취미로 몇 시간씩 하는 건 시간 낭비와 비슷해 보였다. 힐링 게임은 아무도 알아주지 않는다는 점에서 더욱 그랬다. 세계 랭킹에 오르는 것도 아니고 다른 사람과 대결해 이기는 게임도 아니니까 열심히 해도 아무 소용 없다고 생각했다. 게임할 시간에 이력서 한 줄을 쓰고, 포트폴리오 한 장을 만들고, 글 한 줄을 더 읽고 쓰는 게 자기계발에 훨씬 도움이 된다는 생각이 들어서 비싼 게임기를 사놓고 한 달 내내 켜지도 않았다. 그건 내게 취미랄 게 딱히 없는 이유와 비슷했다. 일요일 저녁마다 인라인스케이트를 배운다는 친구에게 박수를 보냈지만 정작 내가 할 마음은 없었다. 화요일과 목요일마다 어쿠스틱 기타 과외를 듣는다는 친구에게 환호를 보냈지만 정작 내가 할 마음은 없었다. 일적으로 알아주는 일이 아닌 취미는 사치라는 생각을 은근하게 품었다. 그러니까 이런저런 취미도 좋지만, 자유 시간이 생겼을 때 굳이 할 일을 고른다면 구글 애널리틱스를 배우거나 파이썬 독학을 하거나 전문 서적을 읽는 게 지식적으로 훨씬 이득이 되지 않겠느냐는.

언젠가 북토크를 했을 때 독자에게서 "작가님은 취미가 뭐예요?"라는 질문을 받았다. 나는 "뭐일 것 같아요?"라는 역질문을 했고, "책 읽는 거요?"라는 심심한 답이 나왔다. 물러설 수 없는 정답이었다. 뭐든지 이득이 되는 것만 취하고, 시간 낭비처럼 여겨지는 것들은 배척하다 보니 자연스레 붕 뜬 시간에는 책만 읽었다.

물론 꼬박꼬박 돈 들어올 곳이 없는 불안정한 시기에 일주일 내내 게임만 하는 건 어렵겠지만, 주말 하루쯤은 게임기를 켜서 다채로운 물고기를 백 마리 정도 잡아보거나 물고기 종을 알아맞히는 게임에서 정답을 맞히며 재미를 느껴도 나쁘지 않겠다. 추가 왜 가라앉지 않느냐는 귀여운 걱정을 연달아 하며 나를 옥죄는 불안과 우울로부터 환기된다는 점에서 아무도 다치지 않는 밤낚시가 주는 평온함이 있을 것 같다.

언젠가 내 취미를 궁금해하는 사람이 나타난다면, 책방에서 북토크를 할 때 "평소에는 주로 어떤 취미를 즐기세요?"라는 질문이 나온다면, 괜한 거짓말을 치지 말고 "게임이요!"라고 외쳐야지. 어떤 반응이 나올지 궁금하다. 어쩌면 "밤낚시를 좋아해요. 물론 게임에서 하는 밤낚시로요"라고 웃으면서 답하는 것도 괜찮겠다.

학창 시절을 상상한다. 책상에 앉았다고 무조건 공부가 되지는 않듯 때로는 적극적인 딴짓으로 예열을 해야 한다. 독서는 물론 엄청나게 좋은 영향을 미치지만 오늘의 내게는 책을 읽는 일도 업무의 한 종류가 되어버렸다. 업무의 연장선처럼 느껴지지 않는 취미를 고른다면 어떤 생명도 다치지 않는 밤낚시가 제격이다.

도망가자

신생아는 하루에 열여섯 시간 정도를 잔다고들 한다. 수면 시간으로 따지면 서른에 가까운 나도 신생아 취급을 받을 만큼 잠에 진심이다. 너무 잔 탓에 등허리가 뻐근해서 오른쪽으로 돌아눕고, 그러다가 왼쪽으로 다시 누울 만큼 잠에 진심인 나에게 잠이란 주제를 빼놓고서는 나를 싫어하는 이유를 전부 설명할 수 없다. 나의 잠은 아기의 잠과 다르다. 잠이 와서 자는 게 아니라 잠으로 도망치고 싶어서 택하는 결정이다. 또는 그 결정에 몸이 못 이기는 척 따라줌으로써 어쩔 수 없이 어딘가에 눕도록 빚어진 행동이다.

사는 게 힘겨울 때 나는 그 힘듦의 원인을 파악하기보다 우선 잠을 잔다. 직장 생활이 고단했다면 저녁이든 이른 밤이든 상관없이 퇴근 후 저녁도 먹지 않고 잠을 청한다. 돌이켜보면 잠의 역사는 내 예상보다 길다. 고등학생 시절 내내 붙어 다니던 단짝에게 절교 선언을 받았을 때도 나는 바로 잠을 잤다. 진학할 고등학교를 결정하는 연합고사에 미끄러져 제주 반대편 끝자락의 고등학교에 가게 되었을 때도 겨울잠 자듯 숨죽이고 잤다. 오전인지 오후인지 분간되지 않는 시간에 일어나서는 굶주린 배를 채우기 위해 아무것이나 먹었고, 소화가 되지 않은 상태에서 또다시 잤다.

글을 쓰는 학과에 입학해서 처음으로 정한 소설 주제도 역시나 잠과 꿈이었다. 꿈에서 만난 사람과 사랑에 빠지는 신화 같은 단편을 제출했고, 교양 수업을 들을 때는 취미를 발표하는 시간에 잠이라고 답했다. 바쁜 평일을 보냈다면 주말 중 하루는 스무 시간을 잤다. 애초에 물을 잘 마시지 않으니 화장실 간다고 깰 일도 없었다.

방학을 맞아 하루에 스무 시간을 자던 때와 비교하면 잠이 많이 줄기는 했지만, 여전히 머리가 지끈거릴 만큼 잠을 잔다. 요즘은 낮잠을 잘 수 있는 프리랜서로 살고 있어서 낮잠까지 합치면 못해도 열네 시간은 매일 자는 것 같다. 자고 싶은 잠이 오는 거라면, 잠이 부족해서 밀린 잠을 자는 거라면 이렇게까지 나를 싫어하지는 않을 텐데, 잠을 청하는 근원이 모두 다 현실로부터 도망치고 싶은 회피 성향에서 기인했기 때문이라는 게 잠으로부터 멀어지고 싶은 이유다. 잠에 들어가는 속도 역시 점차 빨라진다. 예전에는 이렇게 빠르지 않았는데 회피하고 싶은 것들이 늘어나면 늘어날수록, 내가 나서서 해결해야 할 문제가 생기거나 할 일이 수북하게 쌓일수록 모든 것을 내려놓고서 잘 수 있는 시간을 확인한다. 다음으로 할 것은 곧장 이불을 덮는 일이다.

잠으로 도망치고 다시 현실로 왔을 때 드는 감정은 실망에 가깝다. 아니면 서운함이려나. 나는 주로 환상에 기반한 꿈을 꾸기 때문에 그 꿈에 더 오래 머물고 싶다는 마음으로 잠이 깨는 와중에 억지로 눈을 부득부득 감은 적도 있다. 일어나면 다가오는 현실이 밉고, 그 현실이 지루하거나 재미없을 때도 나는 현실에서 재밌는 걸 찾기 이전에 우선 잠을 잘 수 있는 체력인지를 확인한다. 너무 많이 자면 자고 싶어도 잠이 오지 않는다는 사실을 체득했기 때문이다. 잠을 잘 수 있다면 잔다. 잘 수 없다면 누워서 미적거리며 시간을 끈다. 잠을 줄이고 싶어 하는 어떤 이는 잠을 자면 시간이 순식간에 사라지는 게 아깝다고 했는데, 나는 오히려 그 특징을 장점으로 여긴다. 시간이 모조리 사라졌으면 좋겠다는 마음으로 잠을 잔다. 만일 일주일 뒤 하고 싶은 중요한 일정이 있다면 그 일정까지 순식간에 끝내고 싶다는 마음으로 잠을 청한다. 일어났는데 고작 한 시간이나 두 시간밖에 흐르지 않았다면 안타깝다는 뜻의 한숨을 내쉰다. 더 오랫동안 잠에 머물러야 했다는 아쉬움이 한숨에 섞인다.

　나처럼 잠을 사랑하는 사람이 있다면, 《아무튼, 잠》을 쓴 정희재 작가가 아닐까. 잠을 향한 그의 애정은 책의 도입부에서부터 느껴진다. 그는 "잔다는 건 결핍과 욕망의 스위치를 잠깐 끄고 생명력을 충전하는 것. 잡념을 지우고 새로운 저장장치를 장착하는 것"이라며 내가 잠을 사랑할 수밖에 없는 이유를 대신 설명한다. 이 문장을 읽고서야 "죽으면 충분히 잘 수 있잖아"라는, 그러니까 잠을 물리치고 일어나

자기계발에 집중하라는 충고에 제대로 답해야 했다고 아쉬워했다. 잠은 몸과 마음을 누이는 휴식처이기도 하지만, 다음 날을 무사히 운용하게끔 만드는 생명력을 갖췄다. 지우고 싶은 기억은 희미하게 만들고, 새로운 기억을 쌓도록 환기하는 힘을 가졌다. 작가는 잠을 칭송하는 데 무려 책 한 권의 분량을 통째로 쓸 만큼 잠에 파고든다. 만일 누군가 내게 잠을 주제로 한 권의 책을 써보겠냐는 제안을 한다면 쉽게 고개를 끄덕이지는 못하겠지만, 나 역시 진지하게 고민은 해볼 만큼 잠을 사랑한다고 말할 수 있다.

잠은 죄가 없다. 심지어 나는 가위에 잘 눌리지 않는 편이어서 잠을 잘 때마다 무척이나 평온한 기분을 느끼지만 그럼에도 잠을 줄이고 싶다는 마음은 변치 않는다. 내 잠은 현실로부터 도망치려는 회피성 도구일뿐더러, 적정 수면 시간을 훌쩍 넘은 과수면에 가깝다. 게다가 잠에 푹 빠지는 바람에 일어났을 때 꿈과 현실의 괴리가 더 크게 다가와 아침부터 슬퍼하기도 한다. 꿈에서 깼다는 이유만으로 절망을 느끼지 않기 위해서는 현실과 현실의 나를 더 아껴야 한다. 잠을 온전히 칭송하기 위해서는 잠을 사랑하는 일 못지 않게 현실을 사랑해야 한다.

잠을 줄이려 안간힘 쓰지만, 간간이 쏟아지는 잠을 막을 도리는 없어서 그럴 때는 알람을 켜고 잠을 맞는다. 물론 대개는 성공하지 못한다. 재빠르게 알람을 끄고 다시 달콤한 잠에 나를 욱여넣는다. 이대로 하루가 끝나기를 바라는 마음으로 부르는 잠은 어떻게든 피하고 싶은데 결국 실패한다. 완벽하게 일을 끝내고 싶은 마음으로 인해 도리어 잠으로 일을 미루는 성향은 사라지게끔 만들고 싶은데 역시 실패한다. 바쁠 때도 꾸벅꾸벅 조는 내 몸에 사는 일이 고되다. 낮이고 밤이고 상관없이 오는 잠은 나를 한없이 무력하게 만든다.

                                온전한 잠을 맞는 일

잠이 비로소 잠으로 존재할 때의 기쁨을 잊지 못한다. 하루를 내내 성실하게 지낸 덕분에 밤이면 솔솔 오는 잠에 깊이 빠지는 순간을. 사람의 적정 수면 시간으로 일컫는 정도의 잠을 자기 위해서 나는 잠을 두려워하거나 싫어하지 않기로 마음먹는다. 아프거나 노곤할 때, 어쩔 도리 없이 잠을 자야 할 만큼 졸릴 때와 잠을 맞는 밤이 되었을 때만 꿈에 다가가도록 한다. 그러기 위해서는 몇 가지 준비물을 갖춰야 한다. 첫 번째는 토퍼다. 저렴한 토퍼를 중고로 팔고 돈을 더 모아 탄탄한 토퍼를 샀다. 오래 자더라도 허리가 아프지 않도록 만들어진 탄탄한 토퍼를 찾느라 석 달이 훨씬 넘게 걸렸다. 처음에는 몸을 안아주는 느낌의 푹신한 토퍼가 훨씬 더 편할 거라고 여겼지만 내 허리에는 그게 맞지 않다는 사실을 여러 매트리스 가게에서 끊임없이 체험해보고 알았다.

침구에 뿌리는 필로우 미스트와 따뜻하게 눈을 지지는 온열 안대를 들였다. 필로우 미스트의 향도 꽤 만족스럽다. 반사적으로 이 향을 맡으면 잠이 올 때가 되었다는 신호를 스스로에게 줌으로써 잠을 좋아하게 만든다. 온열 안대 역시 아주 만족스럽다. 어둑한 밤에도 창문으로 들어오는 화려한 조명과 차의 헤드라이트 불빛 때문에 자고 일어나서도 눈이 아플 때가 많은데, 따뜻한 온열 안대를 낀 후부터는 다음 날 안약을 넣지 않아도 개운함을 느낀다. 잠으로 도망가는 게 아니라 잠을 맞는 준비를 함으로써 비로소 잠을 치유로 받아들였다. 그뿐만 아니라, 산책을 하거나 많이 걸은 날에는 발을 쉬게 하는 차가운 시트를 붙인다. 발이 심장보다 높게 오도록 작은 쿠션을 발아래 두는 건 덤이다. 완전하게 치유할 수 있도록 몸 군데군데를 신경 쓴다는 점이 나와 잠을 동시에 더 사랑하게 만드는 법이다.

여름 이불과 겨울 이불도 적절하게 준비한다. 꼬박꼬박 이불을 빨래하는 일도 미루지 않는다. 겨울에는 반들반들한 느낌의 솜 이불을, 여름에는 까슬까슬한 시어서커 이불을 좋아한다는 걸 안 뒤로 내 몸과 밤의 기분을 위해 푹신하거나 얇고 탄탄한 이불을 구비한다. 베개도 빠뜨릴 수 없다. 커다랗고 높은 베개보다 온전하게 내 머리만을 받아주는 작고 낮은 베개를 선호한다는 걸 알았다. 모두 발로 걸어보고 직접 매장에 가서 예약한 시간 동안 누워보며 내 몸의 기분을 파악한 덕분이다.

저녁 여섯 시 이후에 마시는 따뜻한 커피도 끊었다. 커피를 마시면 잠에 드는 시간이 길어져 토퍼에서 스마트폰을 볼 확률이 높다. 그러면 새벽 세 시나 네 시에 자는 것도 거뜬하다. 당연히 다음 날 아침은 개운할 리가 없다. 정 커피를 마시고 싶다면 디카페인이나 따뜻한 우유를 한 컵 마시는 쪽으로 방향을 틀었다. 잠으로 도망을 가는 게 아니라 잠이 오도록 맞이할 준비를 미리 한 덕분에 열여섯 시간을 누워 있는 대신 적정 수면 시간 동안 깊이 잠들 수 있었다.

토퍼부터 베개와 이불, 온열 안대와 필로우 미스트를 다 준비했는데 불안한 마음과 잠이 싫어 깨어 있어야 한다는 낮의 마음이 공존할 때면 잠이 오지 않는다. 그때 필요한 건 빠르게 뛰는 심장 박동을 느리게 가라앉히는 수면 유도 음악이다. 잔잔한 피아노 소리를 듣거나 풀이 흩날리는 음을 듣거나 절에서 들려오는 청아한 종소리를 들으며 눈을 감는다. 어디선가 단순히 눈을 감는 게 잠을 자는 행위는 아니라는 과학적 이야기를 들었는데, 나는 그래도 눈을 감는 것 또한 잠을 자는 것의 일부분이라는 거짓말을 믿어본다. 눈을 감은 채 고요한 음악과 풍경 소리를 듣고 있으니 도망의 잠이 아닌 온전한 치유의 잠이 올 예정이라고 조심스럽게 바란다.

잠으로 달아나는 일은 이제 그만하고 싶다. 일어나면서부터 현실을 미워하고, 완벽한 잠에서 벗어나 현실로 돌아왔다며 실망하는 일도 따라 그만하고 싶다. 내게 주어진 현실이라는 삶을 천천히 탐험하는 동시에 해가 지고 달이 휘영청 뜬 밤에는 편안하게 눈을 감고 싶다. 다음 날 아침이 비로소 설렐 수 있도록. 푹 쉰 덕분에 마음껏 다음 날의 기운을 느낄 수 있도록.

좋음으로 꾸린
보따리

여름부터 겨울까지, 두 번의 계절이 흐르는 동안 일주일에 한 편씩 글을 썼다. 그렇게 스무 편의 초고가 모였다. 글에 돌입하기 전에는 언제나 세세하게 목차를 짜며 큰 그림을 그리기에 이 책 역시 스무 편의 내용을 미리 꾸려뒀다.

한 치의 오차 없이 목차에 쓰인 순서를 곧이곧대로 밟을 거라고 예상했지만 온갖 변수가 들이닥쳤다. 갑자기 찾아온 소설 청탁에 커다란 기쁨을 느꼈고, 무산된 소식에 커다란 좌절을 겪었다. 잘 사는 집에 문제가 생기기도 했고, 세상을 향한 냉소를 느끼며 앓기도 했다. 여러 일을 겪으면서 그리 깊게 땅굴을 파지 않은 건 이 슬픔이 결국 한 편의 글감으로 태어날 수 있다는 확신 덕분이었다. 내가 나를 싫어하는 이유를 명료한 언어로 짚어 쓰다 보면 어느새 내가 나를 지키기 위해 만든 방어막도 자연스레 나타날 게 분명했다. 역시나 슬픈 일이 다가와도 잔잔한 일본 드라마를 보며 마음의 평화를 얻었고 낯선 이에게 다정을 베풀면서 시절 인연을 곱씹지 않을 수 있었다.

글을 쓰며 가장 크게 품은 걱정은 '내가 나를 싫어하는 이유를 쓰니까 아무도 공감 못 할 내밀한 이야기로만 뻗어 나가면 어떻게 하나' 싶은 마음이었다. 그 걱정을 줄이고 오로지 나의 마음과 조금 더 좋은 쪽으로 나아가기 위한 방법에 집중할 수 있었던 데는 책과이음 대표님의 영향이 컸다. "왜 스스로를 싫어하는지에 대한 마음에 집중해주세요"라는 대표님의 말을 마음 한편에 늘 기억하며 글을 쓴 덕분에 브런치에 연재를 하는 동안 독자들에게 많은 편지를 받았다. 나만 그렇게 생각하고 사는 줄 알았는데 그게 아니라서

덜 외롭다는 편지를 받았을 때가 기억에 남는다.

나를 좋아하도록 만들기 위한 대처방법과 습관이 누군가에게는 잘 맞겠지만 누군가에게는 그렇지 않을 수 있다는 걸 안다. 하지만 이 책은 자기계발서나 실용서가 아닌 에세이인 만큼, 지구에 사는 어떤 이는 이런 마음이 들 때 이렇게 해소한다는 정도로 여겨주면 좋겠다.

프롤로그에 적었듯 상담 선생님은 이렇게 말했다. 둥둥 떠다니지 말고 현실이라는 제자리로 돌아오라고. 나를 향해 온 여러 다정한 말들이 내가 너무 싫은 날에 나를 사랑하는 쪽으로 한 걸음 나아갈 수 있도록 도왔다. 나는 나를 그저 하나의 체라고 여긴다. 세상에 슬픈 일도 아픈 일도 너무나 많지만 다정하고 좋은 사람도 많아서 그 말이 나라는 체를 거쳐 책으로 나타났다고 생각한다. 글을 쓰는 동안 아프고 불안한 마음은 여전하게 파도처럼 물결쳤지만 나는 나를 좋아하는 법을 나도 모르게 습득하고 있어서 무사히 깊게 들어가지 않을 수 있었다.

불안과 우울을 닮은 감정에서 완전하게 빠져나오는 법은 여전히 모른다. 전 책에도 그렇게 썼고 첫 책에도 그렇게 썼던 것 같다. 어쩜 이리도 한결같은지. 지금껏 그랬듯 앞으로도 쭉 모를 수 있겠지만 한 가지는 확실하게 안다. 어떤 일로 후회를 하더라도, 어떤 일로 슬픔을 느끼더라도 나를 사랑하는 세세하고 소소한 방법을 터득한 뒤로는 훨씬 더 슬픔의 늪에 얕게 들어가리라는 걸.

원래 나는 먼지와 설거짓거리가 가득 쌓인 집이 싫어서 호텔로 도피했다. 잘 풀리지 않는 현실이 싫어서 잠으로 도망쳤다. 그런데 요즘은 신기하게 그러고 싶지 않다. 기분 전환으로 하룻밤 정도는 호텔을 가는 것도 좋겠지만 그보다는 식물 하나를 더 들이고 싶다. 잠으로 도망치는 기분이 드는 건 막을 수 없지만 내가 할 수 있는 한 막아보고 싶다. 이 글을 쓰는 도중에는 상담도 종결되었다. 상담 선생님께 찾아가 미주알고주알 겪은 일을 나누며 느끼는 좋은 감정도 있지만 이 책을 끝까지 읽어줄 한 명의 독자를 상상하며 나누는 신비한 즐거움도 있었다. 감정을 상세하게 표현할 수 있는 자리가 있어 추가로 상담을 받지 않아도 괜찮다는 답을 놓고 후련하게 상담소를 나온 기억이 생생하다.

당신이 나처럼 싫은 감정은 깊게 기억하고 좋은 감정은

얄게 기억한다면 앞으로는 그 둘을 뒤바꾸어 기억하면 좋
겠다. 싫은 것만큼이나 좋은 것도 분명히 있었을 테니까. 좋
음만으로 꾸려진 보따리가 분명히 있다. 나도 당신을 따라
그렇게 생각할 테다.

무엇 때문인지 에필로그에 오면 원고에서 못 한 말을 쏟
아내고 싶은 열망이 든다. 그 마음을 참는다. 이 책의 주인공
은 당신이므로. 우리는 왜 우리를 싫어할까. 문득 내가 싫어
질 때 나 자신을 좋아하기 위해 나도 모르게 자연스럽게 한
행동은 어떤 걸까. 나는 괜히 당신에게 말을 걸고 싶어진다.

독자교정단의 마음들

●

현요아 작가의 브런치를 오랜 기간 구독해왔다. 이 책의 출간이 확정
되기 전부터 〈내가 너무 싫은 날에〉 브런치북도 꾸준히 찾아 읽으며
애정해온 터였다. '내가 너무 싫은 날에'라는 책의 제목처럼, 나도 나
자신이 싫은 날들이 있다. 환경에 따라 빈도는 다르지만 여전히 그 감
각을 인지하며 살아가는 중이다. 그때마다 어떻게든 나 자신을 다독
이며 일으켜 세우곤 하는데, 이 책을 읽으면서 '그래, 나만 그런 게 아
니구나' 하고 문득 깨달으며 위로받을 수 있었다.

　　종종 주변에서 "다 괜찮아질 거야"라는 말로 서로를 위로하는 모
습을 목격하곤 한다. 그러나 나는 가끔 그런 식의 미래에 대한 흐릿하
고 막연한 긍정보다, "나도 그럴 때 있었는데, 그 마음 알 것 같아"라는
공감의 말이 더 깊이 와닿을 때가 있다. 같은 의미에서 현요아 작가의
문장 또한 내게 한없이 따뜻한 위로로 느껴지는 순간이 많았다고 고
백하고 싶다. 나에게도 그리고 작가에게도, '내가 싫은 날'보다 '내가
좋은 날'이 조금씩 더 늘어나길 기대해본다.　　　　—독자교정자 선혜련

●

명색이 독자교정이라고 하니 더욱 꼼꼼하고 세세히 보아야 했건만,
실은 너무나도 공감되는 내용이 많아 순식간에 읽어 내려갈 수밖에
없었다. 특히 〈욕조를 둘 공간이 없어도〉라는 꼭지에서 요가 선생님과

함께 "나와 내 몸은 쓰레기통이 아닙니다"라고 읊으며 울컥한 마음이 들었다던 대목을 읽고는, 나도 덩달아 터져 나오려는 울음을 간신히 참았던 것 같다.

독자가 귀해지는 시대, 작가로서 독자에게 '구체적인 곁'이 되고 싶다는 작가의 바람이 적어도 내 경우에 한해서는 완벽히 이루어진 것 같은 느낌이라고 말하면 착각일까. 바삐 흘러가는 일상 속에서 내 몸에 둥둥 떠다니는 마음이라는 덩어리를 세심히 어루만져준 현요아 작가와, 이 책을 세상에 내보내준 책과이음에 고맙다고 말하고 싶다.

—독자교정자 배원빈

●

문학과 조금이라도 관련 있는 학과를 나온 것도 아니고, 교정을 해본 경험도 없었다. 단지 평소 그래도 책을 좋아하기에 가끔 편집자가 되어 교정을 한다면 어떤 느낌일까 하는 막연한 상상만 품고 있었을 뿐. 그러다 현요아 작가의 신간 출간을 위한 독자교정단을 모집한다는 소식을 듣고 누구보다 먼저 작가의 내밀한 글을 접할 수도 있겠다는 기대감에 기쁘게 응했다. 책의 지면에 내 이름이 새겨진다는 것 역시 어쩌면 앞으로 두 번 다시 하지 못할 흔치 않은 경험일 테다.

나는 현요아 작가의 앞선 출간작들과 작가가 종종 브런치에 발행하는 글을 읽을 때마다 묘하게 마음 한구석이 울리는 느낌을 받았는데, 이번 독자교정을 보면서도 그 느낌은 여전했다. 나를 가만히 감싸고 위로해주는 듯한 따뜻한 문장과 단정한 언어 앞에서 딱딱한 마음의 외피가 어디선가부터 허물어져 녹아내리는 느낌 말이다. 이번 경험을 통해 왠지 작가와 부쩍 가까워진 듯한 기분이다. 앞으로 만날 현요아 작가의 글이 더욱 기대된다.

—독자교정자 신준혁

지금 내가 서 있는 자리는
내가 오랫동안 머물 자리다.